www.tredition.de

AF198446

Inhalt:

Die Welt ist zu einer einzigen Wüste geworden, nachdem die Polkappen geschmolzen waren und die Erde zunächst im Wasser versunken war. In der neuen Wüstenwelt haben sich Gemeinschaften gebildet, in denen besondere Menschen leben, die Wasser unter der Erde aufspüren können. Yara ist eine von ihnen, doch gibt sie ihre Begabung nicht preis. Die junge Protagonistin glaubt an eine noch intakte Flora und Fauna mit oberirdischem Wasser, irgendwo in der südlichen Welt. Sie verlässt ihre Gemeinschaft und begibt sich auf eine abenteuerliche Reise durch die Wüste. Immer wieder werden Yaras Bemühungen, ihrem Traum zu folgen, auf die Probe gestellt und sie entdeckt mit Erschrecken, dass die Welt vollkommen anders ist, als sie es bisher von ihrer behüteten Gemeinschaft kannte.

Dies ist der erste Teil der Reihe „Die Ära der Wüste"

Über die Autorin:
Die Autorin wurde 1977 im Berliner Umland geboren. An der Havel und vielen Seen aufgewachsen, hatte sie immer eine besondere Beziehung zum Wasser. Sie schrieb im Jugendalter schon Gedichte und Geschichten, entdeckte die Aquarellmalerei für sich. Im Jahr 2006 schloss sie ihr Studium der Sozialpädagogik ab, arbeitete seitdem immer in verschiedenen Branchen als Pädagogin. Heute lebt und arbeitet sie mit ihrer Familie in Lübeck.

www.melbrady.de

Mel Brady

Die Ära der Wüste

Wüste

Die Flucht

www.tredition.de

Umschlagfoto: Pete Linforth / Pixabay
Verlag & Druck: tredition GmbH, Halenreie 40-44,
22359 Hamburg

ISBN
Paperback: 978-3-347-09285-3
e-Book: 978-3-347-09286-0

Inhaltsverzeichnis

I. DIE GEMEINSCHAFT

∞

Yara versteckte sich hinter einem schmalen Balken und lauschte angespannt den beiden Männern, die in einigem Abstand diskutierten.

„Ich weiß, dass sie die Gabe hat. Ich habe gesehen, wie sie von draußen mit einer Wünschelrute kam." „Warum sollte Yara uns das verschweigen? Es hängen einige Leben davon ab ob wir Wasser finden. Du weißt, dass die Ader hier bald versiegt und wir wandern müssen. Palo ist auch nicht der beste Wassergänger, den wir bisher hatten. Ich kann nicht glauben, dass Yara uns nicht helfen will." Das war typisch Albian - immer das Beste von den Menschen glauben. Yara zog sich leise zurück. Toma hatte allerdings recht, sie besaß die Gabe und verschwieg sie. Warum wusste sie selbst nicht genau. Na ja, einen guten Grund hatte sie auf alle Fälle - sie hatte es ihrer Mutter versprochen. Yaras Mutter war gestorben als sie sieben Jahre alt war. Es war eine dieser Epidemien gewesen, die die Gemeinschaft von Zeit zu Zeit heimsuchte. Es waren dabei noch sechzehn weitere Menschen gestorben, der Verlust ihrer Mutter hatte ihr damals großen Kummer bereitet. Sie war glücklicherweise von einem engen Freund ihrer Mutter aufgenommen worden, denn weitere Verwandte hatte sie nicht in der Gemeinschaft. Yara betrat das kleine Zelt, das sie mit Bent, ihrem Ziehvater, teilte. Bent war zwar wie ein Vater für sie, aber nun war sie doch froh, dass er sich nicht im Zelt befand. Sie legte sich auf ihre Schlafliege und schloss die Augen. Sie musste nachdenken. „Ich weiß, dass sie die Gabe hat." Das waren Tomas Worte gewesen. Also war es nur eine Frage der Zeit bis sie die Gemeinschaft verlassen musste oder sie würde dazu gezwungen werden, eine neue Wasserader zu finden und diese für die Gemeinschaft auszubeuten.

Yaras Gedanken wanderten zurück zu den Mythen, die ihre Mutter ihr immer wieder als Kind erzählt hatte. Es hatte einst viel Wasser und grünes, blühendes Land auf der Erde gegeben. Die Menschen allerdings hatten es mit ihrem Raubbau geschafft, dass sich das Klima derart erwärmte, dass die Polkappen schmolzen und alles Land bis auf einige hohe Gebirge überflutet wurde. Sie wusste weder was Polkappen waren noch konnte sie sich vorstellen, dass Wasser so hart wie Stein durch Kälte wurde. Es gab viele Menschen, die das für Märchen hielten, aber Yara gehörte nicht dazu. Sie sah es in ihren Träumen, das grüne Land und die Seen, Flüsse und Meere. Sie wusste nicht, woher ihre Träume kamen, denn in Wirklichkeit war der Planet seit Tausenden von Jahren eine Wüste und Niemand hatte jemals oberirdisch einen Fluss, einen See, geschweige denn ein Meer gesehen. Diese Wasserwelt konnte sich selbst Yara nicht vorstellen. Überall dort Wasser, wo jetzt Wüste herrschte. Es soll wunderbare Tiere im Wasser gegeben haben, unvorstellbar groß und doch so sanft, wie ein Nachtfalter. Und auch riesige Raubtiere mit scharfen Zähnen, die jedem Lebewesen hinterherjagten. Aber es fühlte sich falsch an, ohne den entsprechenden Gegenpart - das Land. Ob es an Land vor der Flut auch so viele Tiere gegeben haben mochte? Was ist mit ihnen passiert? Yara kannte die Antwort - sie waren ausgestorben. Wie konnten die Menschen so etwas zulassen? Sie sann darüber nach, dass es vielleicht einfach zu viele Menschen gegeben haben musste. Sie sah es schon in dieser kleinen Gemeinschaft - die Gier nach allem, wovon es zu wenig gab. Und es gab so ziemlich von allem zu wenig, außer Sand. Ihre Mutter sagte, die Erde holte sich das Wasser zurück, sog es in den Kern hinein und zurück blieb Wüste. Vielleicht wollte sie sich somit der Menschen entledigen, aber es hatte nicht geklappt. Diese Spezies war einfach nicht auszurotten. Nun gut, es gab Menschen wie sie selbst, die das Wasser unter der Erde aufspüren konnten. Dabei muss sich doch irgendwer etwas gedacht haben. Es waren tatsächlich auch nicht alle Menschen so gierig. Ihr Ziehvater Bent war einer der bescheidensten Menschen, die sie kannte. Es würde ihr schwerfallen, ihn zu verlassen. Aber sie musste, es blieb keine Wahl. Es zog sie hinaus in die Wüste, etwas rief nach ihr - das Wasser.

Beim Abendessen fühlte sie Tomas Blick immer wieder auf sich ruhen. Sie versuchte nicht nervös zu werden und sich wie immer zu geben. Im Grunde war das nicht schwer, denn sie galt als stille junge Frau und ihre Aufgabe in der Gemeinschaft war es, zusammen mit einigen anderen Frauen, die Kleidung instand zu halten. Das war eine der niedrigen Arbeiten, weshalb ihr im Allgemeinen wenig Beachtung geschenkt wurde. Jeder in der hundertdreiundfünfzig Köpfe zählenden Gemeinschaft hatte ein Aufgabe. Toma war einer der oberen Gemeinschaftsverwalter. Die oberen Gemeinschaftsverwalter waren zu dritt und trafen die wichtigsten Entscheidungen für die Gemeinschaft. Toma, Albian und Orelia saßen am Ende eines der drei langen Tische, an denen die Gemeinschaft zusammen zu Abend aß. Yara saß selbstverständlich nicht an diesem Tisch. Dort saßen nur die Oberen, zu denen auch ihr Ziehvater gehörte. Bent war einer der oberen Sandmänner, die für den Bau und Erhalt des Rundwalles zuständig waren. Durch seine Stellung genoss er einige Privilegien, die auch Yara zugutekam. So durfte er sich nach der Sperrzeit noch draußen aufhalten. Wenn er beispielsweise spät abends zu den Treffen der Oberen ging, hatte Yara das Zelt für sich alleine, das genoss sie sehr, um ihren Träumen und Gedanken nachzugehen.

Heute Abend war wieder ein Treffen und sie hatte diesmal etwas Besonderes vor. Vielleicht fühlte sie sich deshalb so als ob Toma mit seinem bohrenden Blick ihre Gedanken lesen konnte. Sicherlich würde sie heute das Thema in der bevorstehenden Besprechung sein. Palo war vielleicht zu alt, um eine neue Wasserader zu finden und sie brauchten einen neuen Wassergänger. Yara hatte allerdings andere Pläne. Auch wenn es ihr um den einen oder anderen Menschen in der Gemeinschaft leidtat, aber sie hatte kaum Freunde und hatte sich nie richtig zugehörig gefühlt. Sie selbst traute Palo zu, durchaus noch eine weitere Wasserader zu finden, weshalb sich ihr schlechtes Gewissen, die Gemeinschaft im Stich zu lassen, in Grenzen hielt. Meistens, so hatte sie es gehört, war eine Wasserader für eine Generation der Gemeinschaft ausreichend. Es sollte auch riesige unterirdische Wasserreservoirs geben, die viel mehr Menschen über mehrere Generationen versorgen konnten. Doch das waren auch wieder nur Mythen, denn aus ihrer Gemeinschaft hatte es keiner bisher erlebt. Ihre Mutter hatte ihr erzählt, dass zu ihrer Zeit sie einmal auf eine suchende Gemeinschaft getroffen waren. Es waren um die Hundert Menschen, die zu einer Wasserader weiter südlich aufgebrochen waren. Deren Wassergänger hatte die Ader bei seinen langen Streifzügen entdeckt. Sie hatten ihr Lager neben der Gemeinschaft aufgeschlagen und es hatte einige Tage ein friedliches Beisammensein und Austausch gegeben. Auch Menschen wurden ausgetauscht, das hatte ihre Mutter ihr allerdings damals verschwiegen. Doch saß Yara bei ihrer Arbeit dicht mit anderen Frauen zusammen, die nähten und schwatzten, sodass sie schließlich von dem Tauschhandel erfuhr. Wenn sich keine Mitglieder fanden, die freiwillig die Gemeinschaft verlassen wollten, wurden welche von den Oberen bestimmt und darüber mit den Oberen der anderen Gemeinschaft verhandelt. Das wurde immer so gehandhabt, wenn eine Gemeinschaft auf eine andere traf. Wassergänger wurden jedoch nie getauscht, sie waren zu wichtig als dass man sie hätte austauschen können. Für sie wurde das gesamte Leben von den Oberen geplant.

Welches Essen sie zu sich nahmen, wen sie heirateten, mit wem sie Umgang haben durften. Zu wichtig war deren Fortbestehen und Gesundheit. In ihrer Gemeinschaft war das allerdings schief gegangen. Palo und seine Frau hatten keine Kinder bekommen, die Gabe war nicht weitergegeben worden. Und Yara war nicht bereit, ihr ganzes Leben den Oberen zu widmen, wie es Palo getan hatte, beziehungsweise wie er es hatte tun müssen. Sie wusste, dass Palo dazu gezwungen wurde, neben seiner Frau mit anderen Frauen aus der Gemeinschaft zusammen zu sein, um eventuell doch noch Nachwuchs zu zeugen, doch es hatte nie geklappt. Er wäre wahrscheinlich der erste Wassergänger gewesen, der ausgetauscht worden wäre, wenn es die Möglichkeit dazu gegeben hätte. Yara sah mit einem tiefgründigen Blick ihrer türkis schimmernden Augen ein letztes Mal zu Toma und wandte sich dann wieder ihrem Essen zu. Selbst wenn die Oberen es herausbekämen, sie wäre dann schon längst in der Wüste verschwunden.

Nach dem Essen ging sie ins Zelt zurück und strich mit der Hand über den Kristall in der Mitte des dunklen Raumes. Augenblicklich wurde es hell und sie ließ sich auf ihre Liege fallen. Der Kristall war ebenfalls ein Privileg, dass sie aufgrund von Bents Stellung in der Gemeinschaft bekamen. Es gab nur wenige Kristalle und sie und Bent durften einen Lichtkristall benutzen. Die Kristalle waren ein Überbleibsel aus der alten Zeit und sie dienten hauptsächlich zur Energiebereitstellung. Sie wurden durch Sonnenenergie aufgeladen und konnten durch spezielle Vorrichtungen für verschiedene Dinge genutzt werden. Es gab noch mehr Technik aus der alten Zeit, aber Yara hatte davon wenig Ahnung, da die Technik nur bestimmten Leuten in der Gemeinschaft vorbehalten war. Sie besaß nur zwei feste Drahtenden, die sie als Wünschelrute benutze und die sie von den Metallern stibitzt hatte als diese den Zaun um die kleine Ziegenherde erneuerten. Eigentlich benötigte sie die Drähte gar nicht, denn sie konnte das Wasser auch so spüren. Es war als ob sie es unter der Erde sehen konnte, wohin es floss, woher es kam, wie tief die Ader lag und wie groß sie war. Und sie spürte noch etwas - sie spürte, dass es irgendwo auf diesem Planeten noch oberirdisches Wasser gab. Und dort musste sie hin, sie wollte das Grün der Pflanzen und das Blau des Wassers aus ihren Träumen sehen. Sie hatte es schon als kleines Mädchen gespürt und war so oft sie konnte draußen, in der Wüste gewesen und hatte nach den grünen Pflanzen gesucht. Gefunden hatte sie nichts dergleichen aber einige Male hatte sie versunkene Ruinen aus dem Wüstensand herausragen gesehen. Einige dieser Ruinen waren sogar etwas mit vertrocknetem Efeu bedeckt, der seinen Durst aus den Tiefen der verfallenen Gebäude gestillt hatte. Doch die heiße Wüstensonne ließ nicht zu, dass sich etwas Grünes lange hielt. Gerne hätte sie die Ruinen näher untersucht, aber sie wusste, dass sie den Ruinen nicht zu nahekommen durfte. Der feine Sand drum herum war trügerisch und verbarg die Einsturzgefahr. Häufig verbargen sich auch Wasseradern unter den Ruinen, die Menschen hatten wohl schon immer am Wasser gebaut.

In den letzten Monaten hatte Yara kaum Gelegenheit gehabt, die Gemeinschaft zu verlassen und in der Wüste zu stromern. Es war eigentlich sowieso verboten, sich außerhalb des Sandwalles aufzuhalten, wenn man kein Sandmann oder Wassergänger war. Das war für sie nur möglich, weil Bent ein oberer Sandmann war und die Leute sie als seine Ziehtochter kannten. Aber etwas hatte sich in den letzten Monaten geändert. Sie konnte es nicht benennen, doch sie fühlte eine Unruhe zwischen den Menschen. Alle waren irgendwie vorsichtiger und stiller als sonst. Vermutlich hing das mit Palos Alter und dem baldigen Versiegen der Wasserader zusammen. Die Oberen verloren zwar kein Wort gegenüber der Gemeinschaft, doch Gerüchte und leises Gemurmel blieben nicht aus. Schließlich hatte sie die Ader eine ganze Generation lang versorgt und nun war Palo alt geworden, ohne Nachwuchs zu haben. Da konnte man sich leicht vorstellen, wo das Problem lag.

Ein Herannahen von Schritten riss sie aus ihren Gedanken. Bent kam herein und schloss sofort die Zeltplane hinter sich. Das tat er sonst nie, denn er bekam gern mit, was draußen los war und Fenster gab es keine in dem kleinen Zelt. Yara setzte sich auf und sah Bent stirnrunzelnd an. „Ich muss mit dir reden, Yara." Bent drehte ihr dann aber den Rücken zu und kramte in einer länglichen Kiste herum, die er zuvor unter dem Bett hervorgezogen hatte. Yara hatte nie nachgesehen, was er darin aufbewahrte. Keiner in der Gemeinschaft hatte viel Besitz. Alles gehörte allen, so sollte es jedenfalls sein. Dass die Oberen ein wenig mehr von „Allem" hatten, wurde übersehen. Nicht mal Geschirr hatten sie in ihrem Zelt, da die Mahlzeiten immer zusammen eingenommen wurden und es extra Leute gab, die sich um das Geschirr kümmerten. Ebenso wurde es mit der Kleidung gehandhabt. Die meisten hatten zwei bis drei Sets mit Kleidung, die von den Näherinnen gefertigt und instandgehalten wurden. Es gab kaum persönliche Dinge und Yara hatte angenommen, in der Kiste sei Bents alte Kleidung. Er kam nun mit einem länglichen Gegenstand, eingewickelt in einen alten Stofffetzen, zu ihr und nahm neben ihr auf der Liege Platz. „Ich weiß, dass du uns verlassen willst." Yara wollte etwas sagen, aber es kam nichts über ihre Lippen. Wie konnte er das wissen? Sie suchte in seinem Gesicht nach Anzeichen von Ärger oder Wut, konnte aber nur Traurigkeit entdecken. „Ich weiß auch, dass du die Gabe hast, Yara. Du bist eine Wassergängerin" Jetzt fiel ihr fast die Kinnlade herunter und die Frage bahnte sich einen Weg aus ihrem Mund. „Wie kannst du das alles wissen?" flüsterte sie. „Ich weiß mehr als du denkst, Kind. Ich will dir etwas über deine Eltern erzählen. Vielleicht ist es wichtig. Deine Mutter bat mich damals, es dir erst zu erzählen, wenn es notwendig wird. Und da du vorhast, uns zu verlassen denke ich, jetzt ist dieser Zeitpunkt gekommen." Yara spürte eine Hitze in sich aufsteigen. Das konnte nicht sein, Bent wusste von ihrer Gabe und wusste etwas über ihren Vater. Eltern hatte er gesagt - nicht Mutter, sondern Eltern. „Was weißt du, Bent? Weißt du etwas über meinen Vater?" „Ehrlich gesagt, ja. Deine Mutter hatte dir früher von der suchenden Gemeinschaft erzählt, die einmal hier vorbeikam." Yara nickte langsam. „Du weißt, dass Menschen getauscht werden, wenn Gemeinschaften aufeinandertreffen. Es ist die einzige Möglichkeit, neue Paare in der Gemeinschaft zu bilden und die Erlaubnis zu bekommen, Nachwuchs zu haben. Diese Leute, die hier vorbeikamen, das war ihre Gemeinschaft. Deine Mutter gehörte dorthin. Es fanden sich aber weder aus ihrer noch aus unserer Gemeinschaft Menschen, die tauschen wollten, also wurden die Leute ausgesucht, deine Mutter war darunter." Yara sah Bent mit einer Mischung aus Neugier und Wut an. Wieso hatte ihr das Niemand erzählt? „Ich weiß, Yara. Du hättest es gerne früher erfahren, aber dann hättest du uns vielleicht früher verlassen und wärst noch nicht so sehr bereit, wie du es jetzt bist." Bent kannte Yara zu gut, sie hätte sich auf jeden Fall früher auf die Suche nach der anderen Gemeinschaft gemacht. Sie hätte wahrscheinlich keinen Plan gehabt und wäre verloren gewesen - Bent hatte vielleicht recht. Dennoch fühlte sie sich gekränkt und spürte den leisen Hauch des verletzten jugendlichen Stolzes. Aber die Neugier siegte und sie kämpfte die Gefühle nieder. Sie wusste, Bent meinte es nur gut mit ihr. „Gehörte mein Vater auch dieser Gemeinschaft an? Warum wurden sie getrennt?" „Also deine Eltern waren nicht offiziell ein Paar. Sie durften es nicht also trafen sie sich heimlich." Er hielt inne und sah seine Ziehtochter mit ernstem Gesicht an. „Bent, warum durften sie kein Paar sein, was verschweigst du noch?" Ihre Stimme wurde eindringlicher und ein Gedanke, mehr eine Ahnung streifte sie wie ein sanfter Wüstenwind. Natürlich, die Gabe der Wassergänger wurde vererbt. Sie hatte so sehr den Gedanken an einen Vater verdrängt, dass sie sich immer eingeredet hatte, ihre Gabe stamme von einem ihrer Großeltern. Ihre Mutter zu fragen hatte sie keine Gelegenheit mehr gehabt. „Ja, dein Vater war ein Wassergänger." Sagte Bent nun, der Yaras Mienenspiel beobachtet und richtig gedeutet hatte. „Wieso konnten sie nicht versuchen zusammenzubleiben, es mit den Oberen besprechen oder sonst etwas?" Yaras Stimme nahm nun einen fast verzweifelten Ton an. „Dein Vater hatte es versucht, er wollte sich tauschen lassen, aber seine Gemeinschaft wollte Palo nicht annehmen. Die Gerüchte über Palos Kinderlosigkeit hatten gestreut. Deine Mutter wusste zu dem Zeitpunkt auch noch nicht, dass sie schwanger war. Sie haben ihr Schicksal angenommen. Wobei ich glaube, sie hat immer gehofft, dass er zurückkommt. Als deine Mutter merkte, dass sie schwanger war, wandte sie sich an mich und ich habe ihr geholfen. Es war aber klar, dass du nicht meine eigene Tochter sein konntest, das hätte man zeitlich sich nicht zurechtlegen können. Sie hat nie Jemandem verraten, wer dein Vater ist, außer mir." In Yara überschlugen sich die Gedanken. All die Jahre, in denen sie sich nicht zugehörig gefühlt hatte. Die oft merkwürdigen Blicke der anderen und die Stille, wenn sie ein Zelt betrat. Es ergab nun einen Sinn. Die anderen Männer und Frauen, die getauscht worden waren, hatten sich trotz des anfänglichen Widerwillens eingelebt. Aber sie hatten alle eine Aufgabe gehabt, von Anfang an.

Yara hatte nur eine Aufgabe bekommen, zu der sie nicht berufen war. Sie hatte die Aufgabe als Näherin mit vierzehn Jahren übernommen, weil ihre Mutter Näherin gewesen war und meistens die Kinder, wenn es welche gab, die Aufgabe der Eltern fortführten. Bent riss sie aus ihren Gedanken. „Hör zu Yara! Deine Mutter hat mir etwas für dich gegeben, was ich all die Jahre aufbewahrt habe. Nun sollst du es bekommen - du wirst es brauchen." Er holte das längliche, in Stoff eingewickelte Paket hervor, welches hinter ihm auf der Liege lag und übergab es Yara. Vorsichtig wickelte sie einen etwa fußlangen, dünnen Stab aus dem Stoff. Der Stab glitzerte silbern, war an einem Ende spiralförmig spitz, am anderen schimmerte ein hühnereigroßer Kristall in einer kunstvollen Fassung, darunter war fast unsichtbar, ein Schalter in das Metall eingelassen, auf der gegenüberliegenden Seite befand sich ebenfalls ein länglicher Schalter. Yara staunte. „Das ist ein Kristallbohrer, mit dem solltest du Wasser fördern können. Ich habe keine Ahnung, wie das Ding funktioniert, aber du wirst es schon rausfinden. Der Bohrer ist von deinem Vater, Niemand weiß sonst davon." „Wow Bent, das, … das ist verrückt. Ich weiß nicht, was ich sagen soll." „Nimm es einfach Yara. Du wirst es sicher brauchen können. Ich glaube, es ist Technik aus der alten Welt, unsere Metaller hätten das sicher gerne auseinander gebaut." Bent lachte leise, wurde aber sofort wieder ernst. Yara hielt ehrfürchtig den kleinen Bohrstab in der Hand. Das Ding musste soviel wert sein, wie eine ganze Jahresernte der Gemeinschaft, allein der Kristall und dann das Metall. Und es musste alt

17

sein, richtig alt. Yara mochte sich kaum ausmalen, wie der Stab über Jahrtausende an die nachfolgende Generation weitergegeben worden war. Aber wieso hatte ihre Mutter ihn, wenn doch ihr Vater ein Wassergänger war? Wollte er etwa doch zurückkehren? Nun gut, darauf konnte Yara sowieso nicht warten - sie musste hier weg. „Ich danke dir für alles Bent." Yara umarmte ihren Ziehvater und bemerkte dabei nicht, dass diesem eine einsame Träne entglitt. Er schob sie energisch von sich, blinzelte die Träne weg und zog etwas aus der Tasche seines Arbeitskittels. „Nicht so schnell mein Kind. Ich habe noch etwas für dich." In der Hand hielt er einen kleinen, blauen Anhänger, etwa daumennagelgroß. Es war ein flacher ovaler Stein, mit zwei untereinander verlaufenden Wellenlinien eingraviert. Er reichte Yara den auf ein dünnes Lederband gezogenen Anhänger. „Das ist der Stein der Wassergänger. Palo hat ihn mir für dich gegeben. Er weiß um deine Gabe und bittet dich, ihn vorerst nur verdeckt zu tragen. Er kann dich übrigens sehr gut verstehen und wird dein Geheimnis weiterhin bewahren." Yara war sprachlos. Sie hatte sich stets von Palo ferngehalten, weil sie fürchtete, er könne ihre Gabe spüren und sie verraten. So wäre er aus seinem Dienst befreit worden. Sie fühlte eine Welle der Zuneigung für den alten Mann in sich aufkommen und hatte nun ihrerseits Tränen in den Augen. „Ist schon gut, er wusste es schon lange und hat sich entschieden, sein Schicksal in der Gemeinschaft anzunehmen. Palo wollte dir die Wahl lassen und du hast sie jetzt getroffen." Bent drückte Yara noch einmal kurz an sich. „Ich muss los, zur Versammlung.

Du kannst Fari am Tor sagen, ich bräuchte ihn bei der Versammlung. Dann müsstest du ungehindert rauskommen, er muss sich erst einen Ersatzmann holen." Bent stand auf. „Nochmal danke für alles, Bent." „Ist schon gut, pass nur auf dich auf!" Bent wandte sich schnell zum Gehen, bevor ihn die Gefühle übermannten. Er ließ Yara allein im Zelt zurück, straffte draußen seine Schultern und machte sich auf den Weg zur Versammlung.

Yara blieb noch auf der Liege sitzen, unfähig sich zu rühren. So viele Gedanken gingen ihr durch den Kopf. Palo, der ihre Gabe kannte und sie geschützt hatte. Ihre Mutter, die ihr einiges verheimlicht hatte und diesen Kristallbohrer versteckt hielt. Und dann Bent, der soviel mehr wusste als sie es jemals gedacht hatte und dem sie soviel verdankte. Sie saß gedankenverloren auf ihrer Liege als sie plötzlich hochschreckte. Wenn sie all diese Sachen nicht gewusst hatte und andere scheinbar mehr über sie selbst wussten als Yara ahnte, musste sie schnell hier weg. Abrupt stand sie auf, band sich das Lederband mit dem Anhänger um den Hals und kroch unter ihre Liege, um eine Kiste hervor zu ziehen. In der Kiste hatte sie seit einiger Zeit all das gesammelt, was sie bei ihrem Aufbruch mitnehmen wollte. Aus dem Vorratszelt hatte sie Getreidekügelchen mitgehen lassen, die sie nur mit Wasser übergießen musste, um einen zwar faden aber satt machenden Brei zu erhalten. Auch Trockenobst und Dörrfleisch hatte sie sich eingesteckt. Sie hätte gern frisches Obst gehabt, aber sie wollte nicht riskieren auf der Obstwiese erwischt zu werden, da konnte man sich nicht so gut hinein schleichen wie etwa in ein Zelt. Yara dachte kurz daran, wie sehr sie um die kleinen Obstbäume trauern würde. Aber wenn die Gemeinschaft auf die Suche nach einer neuen Wasserader ging, würden sie sowieso zurückgelassen werden und an anderer Stelle würden neue, jung gezogene Bäume gepflanzt werden.

Von den Metallern hatte Yara sich eine kleine Schale, einen Löffel und ein scharfes Messer stibitzt. Als sie vor einiger Zeit anfing sich einen Plan für ihren Aufbruch auszumalen, hatte sie auch begonnen, sich immer mal wieder Stoffreste und Nadel und Garn von ihrer Arbeit einzustecken. Sie hatte sich daraus einen Rucksack genäht, den sie nun ebenfalls aus der Kiste holte. Yara überlegte, ob sie die zwei Drähte ihrer Wünschelrute mitnehmen sollte. Obwohl sie die Drähte eigentlich nicht mehr benötigte, um Wasser zu finden, entschied sie sich, die zu einem L gebogenen Drähte mitzunehmen. Sie gaben ihr irgendwie ein Gefühl der Sicherheit. Sorgfältig verstaute sie die Sachen in ihrem Rucksack, den Kristallbohrer legte sie ebenfalls hinein. Sie wollte gerade zu Bents Liege hinüber gehen als sie vor dem Zelt Schritte vernahm. Schnell schob sie den Rucksack unter ihre eigene Schlafstätte, gerade noch rechtzeitig als Toma den Kopf ins Zelt steckte. Er sah Yara drinnen und kam dann ganz hinein. „Ich wollte sehen, wo Bent bleibt. Wir haben jetzt unsere Besprechung." Er sah sich in dem kleinen Zelt um bis sein Blick an Yara hängen blieb. „Er ist nicht hier, wie du siehst." Yara sah Toma mit kühlem Blick an und hoffte, dass er ihr ihre Nervosität nicht anmerkte. Sie ging fest davon aus, dass Toma wusste, dass Bent nicht hier war. Was also wollte er? Toma kam näher und blickte Yara in ihre türkisfarbenen Augen. „Ich weiß um deine Gabe und ich werde dafür sorgen, dass du unserer Gemeinschaft dienst. Bent kann dich nicht ewig beschützen." Yara wurde blass und wich einen Schritt zurück. „Im Übrigen habe ich noch keine Frau." Fügte Toma mit einem anzüglichen Lächeln hinzu. So schnell wie das Lächeln auf Tomas Gesicht erschienen war, verschwand es wieder und er sah Yara mit einem Blick an, der sie frösteln ließ. Ohne ein weiteres Wort, drehte der Obere sich um und verließ das Zelt. Yara blieb zitternd zurück. Sie musste sich beeilen. Die Andeutungen, die Toma machte, durften auf keinen Fall eintreffen. Dann war sie verloren, sie würde eine Gefangene der Gemeinschaft - Tomas Gefangene - sein.

Yara schüttelte energisch den Kopf, dass ihr sandfarbenes, langes Haar umher wehte. Neben Bents Liege stand eine kleine Kiste, aus der sie ein zusammen geschnürtes Bündel nahm. Sie hatte eigentlich nicht vor, Bent zu bestehlen, aber sie hatte sich auch nicht getraut, ihn zu fragen ob sie seine Wüstenausrüstung nehmen könne. Einige der Menschen in der Gemeinschaft hatten eine Wüstenausrüstung für längere Aufenthalte außerhalb des Walles. Bent gehörte als oberer Sandmann zu ihnen. Yara wusste aus eigener Erfahrung, wie wichtig es war, sich draußen vor Sand und Sonne zu schützen. Sie war einmal ohne

Tuch unterwegs gewesen und war so sehr sonnen-verbrannt zurückgekommen, dass sie mehrere Tage im Heilzelt verbringen musste. Auch Sandstürme kannte sie gut. Die Stürme wurden von dem Wall nur geringfügig aufgehalten. Wenn einer der Sandmän-ner zum Sturmalarm ins Horn blies, wurde alles was nicht niet- und nagelfest war in die Zelte geschafft. Sogar für die Ziegen und Hühner gab es ein Sturm-zelt. Meistens überstand die Gemeinschaft die Stürme unbeschadet. Das einzige, was den Stürmen häufiger zum Opfer fiel, waren einige Obstbäume und das Getreidefeld. Yara öffnete die verknotete Leine des Bündels und breitete die zum Vorschein kommende Decke auf Bents Liege aus. Es schien ein nicht enden wollender Abend der Überraschungen zu sein, denn Yara fand außer der Sandmaske, dem Seil, dem Kompass, der Wasserflasche aus Leichtme-tall und der Sternenkarte ein weiteres kleines Stoff-bündel, welches nicht zur Ausrüstung gehörte. Als sie es öffnete, stockte ihr der Atem. In dem Stofffetzen war ein Kristall eingewickelt. Der Kristall war wieder etwa hühnereigroß und befand sich ebenfalls in einer kunstvollen Fassung wie der Bohrer. Der Unter-schied bestand nur darin, dass die Fassung in einem kurzen, etwa handlangen Stab mündete. Sie unter-suchte den Stab nach einem Schalter und fand diesen an der gleichen Stelle, wie bei dem Bohrstab. Als Yara darauf drückte, erstrahlte plötzlich das Zelt in einem klaren weißen Licht. Schnell schaltete sie die Kristall-lampe aus und horchte ob sich von draußen Schritte näherten. Yara merkte ihre eigene Nervosität und zwang sich zur Ruhe. Auf den Stofffetzen hatte Jemand eine Nachricht geschrieben: „Yara, die kleine Kristalllampe ist für dich. Denk manchmal an mich. Bent (Bitte nimm die Wüstenausrüstung mit)." Er kannte sie wirklich gut. Sie schickte Bent in Gedanken eine Umarmung, packte schnell alles wieder in die Decke und in ihren Rucksack. Sie hatte keine Zeit mehr nachzugrübeln, woher Bent die Kristalllampe hatte.

Es war bereits dunkel geworden als Yara vorsichtig den Kopf aus dem Zelt steckte. Sie horchte intensiv auf Schritte oder Stimmen in ihrer Umgebung und schlich sich langsam zur Rückseite des Zeltes an den Wall heran. Der Mond war noch nicht aufgegangen, weshalb sie zwar wenig sehen konnte aber auch selbst kaum gesehen werden konnte. Der Sandwall war eigentlich ein Ringwall, der zum Schutz um die Gemeinschaft herum gebaut worden war. Die dafür zuständigen Sandmänner hatten an der Innenseite des Walles eine Art Zaun aus Holzstäben und Stoff gebaut, um das Rutschen des Sandes zu verhindern. Yara orientierte sich an dem Zaun und schlich von einer Zeltrückseite zur anderen. Zwischen den beiden letzten Zelten vor dem Tor versteckte sie ihren Rucksack und trat hervor. Sie hielt Ausschau nach Fari, wie Bent es ihr aufgetragen hatte. Das Tor war eigentlich nur ein Holzgerüst mit Zeltplanen als Tür, zum Schutz vor dem Sand. Die Sandmänner hatten außer dem Bau und Erhalt des Walles die Aufgabe am Tor zu wachen und nach Sandstürmen Ausschau zu halten. Da aber Niemand außer bestimmte Personen, die

Gemeinschaft verlassen durfte, mussten die Sandmänner ebenfalls dafür sorgen, dass dieses Verbot
auch eingehalten wurde. Wäre es tagsüber gewesen,
hätte Yara sich kaum Sorgen gemacht, an den Sand-
männern vorbei zu kommen. Schließlich war sie
schon öfter draußen gewesen und die Sandmänner
kannten sie als ihres Vorgesetzten Ziehtochter. Dennoch hatte sie sich für einen Aufbruch nachts entschieden, denn nachts konnte sie schneller verschwinden. Falls ihr Wegbleiben morgen bemerkt
würde, könnte sie in der Hitze des Tages kaum noch
eingeholt werden. Wäre sie am Tag aufgebrochen,
hätten die Sandmänner oder wen immer die Gemeinschaft ihr hinterherschickte, den Vorteil der Nacht
gehabt und sie selbst wäre nicht weit gekommen.
Yara hatte sich sowieso vorgenommen, nur nachts zu
wandern. Sie würde sich an den Sternen orientieren
können und ihren Körper nicht allzu sehr durch die
Tageshitze belasten.

Sie entdeckte Fari am Tor als er gerade nach draußen gehen wollte. Sicherlich wollte er nach Stürmen
Ausschau halten. Manchmal konnte man es mehr riechen als sehen. Es war als ob die Luft vor einem Sandsturm brennen würde. Yara bildete sich auch ein, Regen riechen zu können. Es kam äußerst selten vor,
dass es regnete aber wenn, dann fühlte Yara das kommende Wasser mit allen Sinnen. Es fühlte sich an als
wolle der Regen Yara daran erinnern, dass es noch
mehr Wasser gab - auch oberirdisch. In dieser Nacht
würde jedenfalls weder Regen noch Sturm aufkommen, es war so ruhig, dass ihre Stimme fast schreiend
laut erklang obwohl Yara nur leise rief. „Fari, warte!"

Fari drehte sich wie erwartet um und suchte nach der Stimme. „Yara, bist du das etwa? Was machst du hier?" Yara wappnete sich innerlich für ihre bevorstehende Lüge. „Bent schickt mich. Er sagt, er braucht dich bei der Besprechung. Du kannst entweder eine Vertretung aus dem Schlaf holen oder ich halte hier so lange für dich die Stellung. Aber mach schnell, Bent wartet." „Was soll das? Ich kann hier nicht einfach weg." Oh man, der nahm seine Aufgabe aber ernst. Yara atmete tief durch. „Deshalb schickt Bent ja mich. Du weißt, dass ich einen Sturm rechtzeitig erkennen würde. Ich warte hier bis du wieder zurück bist oder eine Vertretung schickst. Es macht mir nichts aus." Yara bremste ihren Redefluss, wenn sie zu viel plapperte, würde Fari nur misstrauisch werden. „Ich glaube, sie besprechen heute den Umzug der Gemeinschaft. Wegen der versiegenden Wasserader." Diesen Tratsch schob Yara noch hinterher, um Fari neugierig zu machen. Es schien zu klappen. „Oh na gut, das scheint wichtig zu sein. Also ich werde Andras wecken, damit er dich schnell ablöst und du wieder ins Bett kannst. Ist schließlich schon spät." Ja ja, wenn du wüstest, Fari. „Ok, ich warte. Sag Andras, er braucht sich nicht zu beeilen. Ich werde schon nicht einschlafen." Yara wartete, bis der Sandmann außer Sichtweite war, dann holte sie ihren Rucksack hervor und verschwand durch das Tor.

II. DIE WÜSTE

∞

Der Mond war nun aufgegangen und goss sein silbernes Licht über der Wüste aus. Yara war in ein leichtes Lauftempo verfallen, sie wollte so schnell wie möglich die Gemeinschaft weit hinter sich lassen. Sie hatte keine Ahnung, ob sie der Gemeinschaft soviel wert war, dass sie sie verfolgen würden. Da aber Toma seinen Verdacht nicht aufgegeben hatte und Yara als die nächste Wassergängerin anpreisen würde, wäre sie ein äußerst wichtiger Teil der Gemeinschaft, den es galt wieder zu beschaffen.

Bei ihren Ausflügen hatte Yara weit südlich der Gemeinschaft eine kleine Hügelkette entdeckt. Sie hatte sich damals tagsüber verlaufen als der Himmel von Sandstaub bedeckt war und sie keine Wasserader zur Orientierung entdeckt hatte. Ihr Gespür hatte sie zu der Hügelkette geführt, unter der eine Wasserader entlangführte. Die Ader war nicht groß genug, um eine Gemeinschaft zu versorgen, sonst wäre Palo sicherlich schon darauf aufmerksam geworden. Das Wasser verbarg sich aber auch nicht so tief unter dem Wüstensand, sodass dort einiges Gestrüpp wuchs, unter dem Yara für den Tag Schutz suchen wollte. Sie hoffte einfach, dass Niemand aus der Gemeinschaft so weit weg nach ihr suchen würde.

Ein Blick in die Sterne zeigte Yara, dass sie noch auf dem richtigen Weg war. Immer wieder hielt sie kurz an und lauschte, wollte hören ob ihr Jemand folgte. Zu hören war nur das entfernte Heulen der Schakale, dem sie ungewollt folgte. Die Schakale hatte sie schon beim letzten Mal bei der Hügelkette bemerkt, sie schienen dort zu leben. Manchmal brachten die Jäger ihrer Gemeinschaft außer den üblichen Schlangen und seltenen Vögeln einen erlegten Schakal mit, daher kannte sie diese Tiere. Yara vermutete, dass die Jäger sonst ebenfalls in den Hügeln unterwegs waren. Da die Besprechung, die die Oberen heute Abend einberufen hatten, auch die Anwesenheit der Jäger erforderte, wusste Yara, dass sie zumindest heute Nacht vor Menschen sicher war. Bei den Schakalen hatte sie da ihre Zweifel. Klar, sie hatte im Lehrzelt viel über die meisten Wüstentiere erfahren, welche gefährlich waren, welche als Nahrung dienten und so weiter, aber trotzdem hatte sie großen Respekt vor diesen Raubtieren. Letztendlich, so glaubte Yara, konnte doch Keiner genau sagen, ob Schakale oder Hyänen einzelne Menschen angriffen, denn Niemand aus der Gemeinschaft bis auf die Jäger durfte sich außerhalb des Walls aufhalten. Gut, die Sandmänner vielleicht noch, aber die entfernten sich nie weit vom Wall und selbst Palo wurde auf seinen Streifzügen von mindestens zwei Jägern begleitet oder besser gesagt bewacht.

Der Morgen breitete bereits seine intensive Röte aus als die Schakale verstummten und Yara in der Ferne die Hügelkette erblickte. Sie war die ganze Nacht mit wenigen Pausen gelaufen und nun war sie todmüde. Dennoch zwang sie sich, ihre schmerzenden Beine weiter zu bewegen, noch hatte sie es nicht zu ihrem Rastpunkt geschafft. Sie sah in einiger Entfernung einen vertrocknet scheinenden Baum und musste sich eingestehen, dass sie es nicht weiter schaffen würde, ohne ganz zusammenzubrechen. Also nahm sie noch einmal ihre Kräfte zusammen, gelangte zu dem Baum, breitete wie in Trance die Decke darunter aus, bevor sie sich darin einrollte und augenblicklich in einen Erschöpfungsschlaf glitt.

Yara erwachte mit einem brennenden Gesicht und einem Gefühl des Ausgetrocknetseins. Sie benötigte kurze Zeit, um sich zu orientieren und fest zu stellen, dass ihr brennendes Gesicht von der Sonne herrührte. Ein Schluck Wasser aus der stibitzten Flasche tat gut und half ihren Geist zu klären. Der Baum unter dem Yara Schutz gesucht hatte schien tatsächlich ausgetrocknet, beherbergte dennoch einige zwar kleine, aber laute Vögel. Sie musste also näher an der Hügelkette sein als sie letzte Nacht angenommen hatte. In dem diffusen Morgenlicht hatte sie die Entfernung nicht einschätzen können. Ein Blick nach Süden zeigte ihr die nahliegende Hügelkette und Yara war froh, dass sie trotz des wenigen Schutzes unter dem Baum in Ruhe hatte schlafen können. Sie nahm schnell ihre Sachen zusammen, aß nebenbei ein paar Trockenfrüchte und lief los.

Als sie damals hier gewesen war, hatte sie kaum Zeit gehabt, sich umzusehen. Und als sie diesmal die Hügelkette erreichte war ihr, als trete sie in eine andere Welt ein. Sie kannte bisher nur die Gemeinschaft innerhalb des Walls und außerhalb die flache Wüste. Hier jedoch mischte sich der Sand mit Gesteinsbrocken, sie konnte kaum in die Ferne sehen, da Hügelkuppen den Blick versperrten und an vielen Stellen wuchsen Kakteen und harte Büsche. Sogar ein paar Bäume konnte Yara ausmachen. Die Wasserader musste hier irgendwo an die Oberfläche treten, sonst würde es weder Schakale noch deren Beutetiere geben. Yara nahm sich einen Moment Zeit, schloss die Augen und versuchte sich in Gedanken zum Wasser leiten zu lassen. Als sie die Augen wieder öffnete, wusste sie, in welche Richtung sie gehen musste. Sie hörte das leise Plätschern bevor sie es sah. Yara war ein paar Meter einen großen Felsen hinaufgeklettert und wurde mit einem von unten nicht sichtbaren Plateau belohnt. Dort wo die Felswand weiter in die Höhe stieg, plätscherte aus einer Felsspalte das Wasser. Darunter hatte sich in einem kleinen Felsvorsprung eine Art Becken gebildet, in der sich das Wasser sammelte, um dann an der tiefer gelegenen Seite wieder in einer winzigen Felsspalte zu versickern. Eine tiefe Freude breitete sich in Yara aus. Das war es, wonach sie suchte. Zwar war dieses kleine Wasserbecken nur ein Anfang, aber es war der Beweis, dass natürliches oberirdisches Wasser existierte. Ehrfürchtig ging die junge Frau zu der Quelle hinüber und scheuchte ein paar gut getarnte Vögel auf. Die Jäger hätten die Vögel wahrscheinlich eher bemerkt und sofort Jagd auf sie gemacht, aber Yara kannte sich mit der Jagd nicht aus und erfreute sich lieber an deren lebendigem Gezeter. Sie wusch sich das Gesicht in dem kalten Becken und genoss die Erfrischung.

Nachdem sie auch ihre Wasserflasche aufgefüllt hatte, blickte sie sich weiter um. Plötzlich innehaltend lauschte sie in den sanften Wind. Sie hörte Stimmen herüber wehen und erstarrte. Oh nein, sie hatte sich zu lange ausgeruht, die Gemeinschaft war ihr auf den Fersen. Vorsichtig schlich sie zu der Kante des Plateaus und versuchte die Stimmen zu orten. Toma und zwei Jäger hatten sich am Fuß der Hügelkette kaum ein paar Meter unter ihrem Plateau niedergelassen, um zu rasten. Ihr Verschwinden war also früh bemerkt worden. Wie nur konnten sie wissen, dass Yara nach Süden unterwegs war. Die Jäger mochten vielleicht Spuren lesen können, doch der sanfte Nachtwind hatte ihre fort geweht - so dachte sie jedenfalls. Wie auch immer sie Yara gefunden hatten, sie musste hier schnell weg. Und zwar bevor sie wirklich entdeckt wurde.

Es blieb ihr nur der Weg nach oben. Sie schlich vorsichtig zurück zu der Felswand und versuchte auszumachen, wie weit sie klettern musste. Unmöglich, sie konnte nicht erkennen, wie weit es wirklich nach oben ging. Da ihr dennoch nichts anderes übrigblieb, kletterte Yara drauf los. Schon bald erreichte sie einen weiteren schmalen Felsvorsprung, zog sich hinauf und blickte prompt in die Augen einer Echse. Vor Schreck wäre Yara beinahe wieder rückwärts die Wand hinuntergefallen, die sie mühsam hinaufgeklettert war. Die Echse schien sich weniger erschrocken zu haben. Sie saß ruhig auf ihrem Platz und beäugte Yara aus ihren kleinen, klugen Augen. „Ich will dir nichts tun." Sagte Yara leise und kam sich dabei ein wenig lächerlich vor, denn die Echse war im

Grunde genauso groß wie sie selbst. Hätte Yara einen Angriff versucht, hätte sie sicherlich den Kürzeren gezogen. Okay, aber sie musste irgendwie an der Echse vorbei und der Vorsprung war wirklich ziemlich schmal. Sie wusste aus dem Unterricht im Lehrzelt, dass besonders der Schwanz der Echsen gefährlich war. Sie versuchte sich umzusehen, ohne die Echse aus den Augen zu lassen. Links von ihr befand sich eine schmale Schlucht auf deren anderer Seite wieder ein Vorsprung lag. Wenn sie Anlauf nahm, könnte sie es zur anderen Seite schaffen. Die Echse beäugte weiterhin Yaras Überlegungen, rührte sich aber nicht. Jetzt oder nie - Yara sah nach links, nahm einen langen Schritt Anlauf - mehr Platz hatte sie nicht - und sprang. Sie spürte die Bewegung des gepanzerten Tieres im Sprung, kam unsanft auf und drehte sich sofort nach dem Tier um. Die Echse saß jetzt genau dort, wo Yara eben abgesprungen war. Yara bildete sich ein, die Enttäuschung um ein verlorenes Mittagsmal in den Augen der Echse auflodern zu sehen. Ach, das war sicher nur Einbildung, doch sie traute sich kaum ihr den Rücken zuzudrehen. Viel schlimmer aber war, dass Yara bei ihrem Sprung ein paar Steine losgetreten hatte, die mit einem lauten Poltern den Fels hinunter gekracht waren. Wenn Toma bisher nur vermutet hatte, dass sie sich hier irgendwo aufhielt, dann hatte sie ihm damit jetzt sicher Gewissheit gegeben. Sie warf der Echse einen letzten misstrauischen Blick zu, hoffte, dass sie nicht über den Spalt springen konnte und begann den Felsvorsprung zu untersuchen.

Mit einem Blick nach unten, stellte Yara fest, dass zu ihrem Vorsprung sogar ein paar übergroße, natürliche Felsstufen geführt hätten. Sie hatte diese von unten nicht bemerkt. Na ja, nun war es zu spät, sie war bereits hier oben und zurück wollte sie ganz sicher nicht. Hinter einem trockenen Busch verbarg sich ein schmaler Spalt im Fels, der sich wie eine Höhle weit ins Innere des Hügels zog. Wenn sie weiter versuchte nach oben zu klettern, war die Gefahr groß, dass ihre Verfolger sie an der Felswand entdeckten. Yara war die Weite der Wüste gewohnt, ein tiefes Unbehagen breitete sich in ihr aus, bei dem Gedanken sich zwischen den riesigen Gesteinswänden in der enge des Felsspaltes zu bewegen. Ihr blieb keine Wahl. Mit einem unguten Gefühl drückte sich Yara an dem dornigen Busch vorbei in den Spalt hinein.

Der Spalt war gerade breit genug, dass ein Mensch hindurch passte. Yaras ungutes Gefühl verstärkte sich als sie nach oben blickte und feststellte, dass die beiden Felswände zusammenwuchsen und sie kein Tageslicht mehr sehen konnte. Sie konnte nur hoffen, dass diese Höhle einen Ausgang hatte, sonst war sie verloren. Mehr als die zunehmende Dunkelheit veranlasste sie die wachsende Beklemmung dazu, ihre Kristalllampe aus dem Rucksack zu nehmen. Mit dem Einschalten umgab sie ein weißliches Licht und sie fühlte sich etwas sicherer. Sie dankte Bent nochmals im Stillen, dass er den Kristall in der Lampe aufgeladen hatte. Wahrscheinlich hatte er die Lampe hinter ihrem Zelt in den Boden gesteckt, wo zwar das

Sonnenlicht hinfand, sie aber vor Blicken anderer geschützt war. Selbst Yara hatte es nicht bemerkt. Dieser Gedanke hielt Yara aber nicht lange auf, denn sie konzentrierte sich mit all ihren Sinnen darauf, in dem schmalen Felsspalt voran zu kommen. Vor ihr befand sich nur Dunkelheit, hinter sich konnte sie noch schwach das kleine Lichtloch des Eingangs erkennen. Das Lichtloch verschwand allerdings als sich die Höhle leicht nach links krümmte.

Sie hatte jegliches Zeitgefühl verloren und sorgte sich langsam um das Ende ihrer kühnen Idee, den Felsspalt zu betreten. War es schon Abend? Oder gar Nacht? So lange war sie noch gar nicht gelaufen - oder doch? Yara hielt inne, musste ein wenig rasten. Sie lauschte in die Dunkelheit, doch nichts war zu hören außer ihrem eigenen Atem. Sie trank einen Schluck, nahm ein paar Trockenfrüchte und machte sich wieder auf den Weg. Ein unangenehmer Geruch ließ sie erneut innehalten. Was konnte hier so stinken? Die aufkommende Furcht ließ Yara jäh frösteln. Lebte etwa die Echse hier drinnen? Yara fiel ein, dass die Echse irgendwie auf das Plateau, von dem sie abgesprungen war, hingekommen sein musste. Hatte sie etwas übersehen? Vielleicht hatte es hinter der riesigen Echse auch einen Felsspalt gegeben und die Höhlen führten zusammen.

Noch vorsichtiger als sie es bisher tat, schlich Yara vorwärts. Der Gestank wurde so unerträglich, dass Yara mit einem dauernden Würgereiz kämpfte. Plötzlich trat sie aus ihrem Spalt in eine Art große Halle. Sie hielt das Kristalllicht höher, konnte aber die gegenüberliegende Seite der Felshalle nicht erkennen. Erschrocken duckte sich Yara als über ihr ein grauenhaftes Getöse losbrach. Immer noch halb zu Tode geängstigt, blickte sie nach oben und sah eine sich zu bewegen scheinende Felsdecke. Sie dachte erst, es handele sich um kleine schwarze Vögel, doch als der Schwarm sich teilte und einige dieser Dinger dicht an ihr vorbei flatterten, erkannte sie, dass diese Tiere kein richtiges Gefieder hatten. Von solchen Geschöpfen hatte sie im Lehrzelt nichts erfahren. Die fliegenden Tiere waren zwar klein, aber unglaublich viele und Yara hatte ein wenig Sorge, dass sie selbst eventuell ein Beutetier für diese Dinger darstellte. Ihre Sorge verflüchtige sich als sie erkannte, dass die falschen Vögel nur eine Runde in der Halle drehten, um dann oben in einem Felsspalt zu verschwinden. Der Spalt befand sich ungefähr auf halber Höhe zwischen Felsboden und Felsdecke. Yara überlegte, dass diese Masse an Tieren sich nicht in dem Spalt aufhalten konnte also musste es dort oben irgendwo raus gehen. Vorsichtig ging sie mit dem Kristalllicht Schritt für Schritt die Halle ab. Es gab hier unten keinen Ausgang. Es war also eine Sackgasse, wie sie befürchtet hatte. Yara versuchte den Boden auszuleuchten, doch alles was sie dort sah, waren die Exkremente der Flugtiere, von denen der grässliche Gestank ausging.

Es blieb ihr wieder keine Wahl, zurück konnte sie nicht also musste sie versuchen, dorthin zu klettern, wo die falschen Vögel verschwunden waren. Die Lampe packte Yara in die Tasche, damit sie sie beim Klettern nicht behinderte. Sie versuchte die erneut aufkommende Furcht angesichts der nun herrschenden, tiefen Dunkelheit zu verdrängen. Sie hatte sich den Punkt gemerkt, wo sie hinmusste, doch fand sie unterhalb der Stelle keine geeignete Aufstiegsmöglichkeit. Sie musste versuchen erst in die Höhe zu kommen und dann seitlich rüber zu dem Spalt zu gelangen. Sie ließ ihre Augen sich an die Dunkelheit gewöhnen und kletterte los. Auf halber Höhe hielt sie inne. Bildete sie sich das ein oder hörte sie tatsächlich entfernte Stimmen? Entweder spielten ihr ihre Nerven einen Streich oder die Männer der Gemeinschaft waren ihr auf die Spur gekommen. Sie kletterte schneller, verursachte dabei wieder rutschende Steinchen, aber das war ihr jetzt egal.

Yara war nur noch eine Armlänge von dem Spalt entfernt als sie tatsächlich deutlich Stimmen vernahm. „Das ist eine Sackgasse, Toma. Wenn sie sich hier verkrochen hat, kommt sie nicht wieder raus, ohne dass wir sie kriegen." „Wenn Yara sich hier aber nicht versteckt, verlieren wir wertvolle Zeit. Denn dann hätte sie jetzt einen enormen Vorsprung und wir können ihr nicht ewig hinterher rennen. Verstehst du das, Haro?" Fauchte Toma zurück. Haro antwortete kleinlaut: „Ich dachte nur …" Den Rest des Satzes murmelte er so leise vor sich hin, dass keiner der anderen beiden Männer etwas verstand. Haro war ein guter Jäger aber auf Menschen hatte er noch nie Jagd gemacht. Was sollte das eigentlich alles. Toma hatte auf der Besprechung verlauten lassen, dass Yara eine Wassergängerin sei. Aber wirkliche Beweise hatte er nicht dafür. Die anderen Oberen hatten vorgeschlagen, Yara selbst zu befragen aber als man sie holen wollte, war sie verschwunden. Und nun waren sie hier und jagten ihr hinterher. Hoffentlich hatte das alles bald ein Ende. Mit oder ohne dem Mädchen - Haro war das egal. Er wollte nur wieder den Schakalen oder Schlangen nachjagen und zu Hause bei seiner Frau sein. Sie hatten die Erlaubnis bekommen, ein Kind zu haben also freute er sich besonders auf die Stunden mit seiner Frau. Haro musste bei dem Gedanken an den letzten Abend vor der Besprechung denken und grinste. Sie hatten ganz besonders schöne Stunden verbracht. „Was grinst du so blöd? Findest das wohl witzig was? Du steckst doch mit dem Biest unter einer Decke!" Toma leuchtete mit einer Fackel Haro ins Gesicht, der sich sofort zu verteidigen begann. „Nein, Toma. Nein ... Ich ... ich habe nur an etwas denken müssen. Tut mir leid. Ich dachte ..." Wieder brach Haro ab, er brachte es nicht fertig den Satz zu Ende zu sprechen, es hatte sowieso alles keinen Zweck. Toma war sauer, weil ihm das Mädchen entwischt war, daran bestand kein Zweifel. Und er, Haro, konnte soviel stammeln wie er wollte, das würde Tomas Laune nicht verbessern.

Yara hatte sich mit langen Armen und schwindender Kraft in den Spalt gezogen. Genau zur rechten Zeit. Sie sah aus den Augenwickeln noch das Fackellicht der drei Männer und hörte ihre erstaunten Stimmen. Sie wusste nicht ob die Jäger die Felsenhalle kannten, aber Toma hatte so etwas sicher auch noch nicht gesehen. Genaue Worte konnte sie nicht verstehen, denn der Fels um sie herum schien alles zu verschlucken. Yara hoffte mal wieder, dass ihren Verfolgern der Felsspalt in der Höhe nicht auffallen würde und wünschte sich gleichzeitig nicht dauernd soviel hoffen zu müssen. Sie verstand eigentlich nicht, wieso sie ihr Verschwinden so früh bemerkt hatten, sie hatte sich ihre Flucht etwas anders vorgestellt. Aber gut, jetzt hatte sie das Pech und musste noch mehr auf der Hut sein. In dem schmalen Felsspalt kroch Yara Stück für Stück vorwärts, stehen konnte sie nicht. Wieder musste sie hoffen, dass die Öffnung am anderen Ende groß genug für einen Menschen war.

Es kam ihr wie ein endloses Gekrieche vor als sie einen Luftzug spürte und gleich darauf einen dunkelblauen Kreis vor sich sah. Aus der Ferne wirkte das Loch groß genug für einen Menschen und als sie es erreicht hatte, stimmte ihre Einschätzung. Yara atmete erleichtert die frische Nachtluft ein, doch als sie nach unten sah, stockte ihr der Atem. Sie musste in der Höhle aufwärts gegangen sein, denn der Abgrund, der sich vor ihr zeigte, war um einiges tiefer als die Entfernung, die sie auf der anderen Seite hinaufgeklettert war. Es gab weder einen Felsvorsprung noch irgendetwas anderes an dem sie sich hätte festhalten können. Wahnsinn, das ist alles ein Wahnsinn dachte Yara panisch. Wie sollte sie hier herunterkommen? Okay, erstmal beruhigen und überlegen. Sie sah zum Mond hinauf und stellte fest, dass bald schon der Morgen anbrechen würde. Im Dunkeln konnte sie keinesfalls die Felswand hinuntersteigen, das wäre ihr Todesurteil. Es war zudem unwahrscheinlich, dass die Männer ebenfalls den Felsspalt entlang gekrochen waren, das hätte sie gehört. Also entschied Yara sich, erstmal hier in der Felsöffnung auszuharren und zu warten, bis es hell wurde. Sie kauerte sich halbwegs bequem hin, nahm noch ein paar Trockenfrüchte und hüllte sich dann in die Decke ein. Es dauerte nur wenige Augenblicke und die junge Frau war in einen unruhigen Schlaf geglitten.

Ein flatterndes Getöse ließ Yara erwachen. Noch im Halbschlaf registrierte sie, dass die falschen Vögel zurückkehrten. Sie nahmen scheinbar keinerlei Notiz von ihr, flogen so dicht vorbei, dass sie die Flügelschläge im Gesicht spürte, doch keines der Tiere streifte sie auch nur ansatzweise. Ein erleichtertes Seufzen entglitt Yaras Mund als der Schwarm vorbeigezogen war.

Die Sonne stand noch tief am östlichen Himmel, der sich rötlich verfärbt hatte. Fröstelnd zog sie die Decke enger um sich und versuchte etwas von ihrer Umgebung außerhalb des Spaltes zu erkennen. Frustriert lehnte sich Yara zurück. Es hatte sich seit gestern Nacht nichts geändert. Es waren keine Stufen in den Felsen gewachsen und sie selbst hatte keine Flügel bekommen. So ein Mist. Der Spalt war außerdem zu eng als dass sie sich hätte ein Feuer machen können, um endlich etwas richtiges zu essen. Ihr knurrte wie zur Antwort laut der Magen.

Yara tat das einzige, was ihr im Moment sinnvoll erschien. Sie legte die Hände sachte auf den Felsen, schloss die Augen und suchte mit all ihren Sinnen nach Wasser. Es dauerte eine Weile, bis sie erst das leise Plätschern vernahm und sie dann auch das glitzernde Fließen einer unterirdischen Wasserader vor ihrem inneren Auge sah. Die Ader musste etwas entfernt sein, da es einige Augenblicke gedauert hatte, bis sie sie sehen konnte, aber das war Yara egal. Sie suchte nicht danach, um ihre Wasserflasche aufzufüllen, sondern um sich der beruhigenden und klärenden Wirkung hinzugeben. Und das konnte sie durchaus, ohne körperlich in der Nähe des Wassers zu sein.

Als sie die Augen öffnete, fühlte sie sich wesentlich besser, die Panik war verflogen. Sie aß ein paar Trockenfrüchte, packte ihre Sachen und machte sich an den Abstieg. Ein paar Mal drohte sie den Halt zu verlieren, aber sie schaffte es jedes Mal, sich wieder an die Wand zu ziehen. Rechts unter sich erkannte sie ein kleines Plateau, da würde sie sich ausruhen können. Schweißgebadet erreichte sie das kleine Felsplateau und rieb ihre schmerzenden und teilweise aufgeschürften Finger. So konnte das nicht weitergehen. Sie hatte gerade mal einen Bruchteil des Abstiegs geschafft und es sah nicht so aus als würde der Weg leichter werden, sofern man überhaupt von Weg sprechen konnte. Yara sah in die Tiefe und blickte schnell wieder nach oben als ihr mulmig zumute wurde. Im Lehrzelt hatte sie davon gehört, dass die Menschen der alten Welt zum Spaß mit einer Art Schirm von Felsen gesprungen sind, um dann wie ein Vogel durch die Luft zu gleiten. Ihr war das damals absurd vorgekommen. Jetzt allerdings überlegte Yara, ob sie sich vielleicht so etwas aus ihrer Decke basteln konnte. Wenn sie jedenfalls weiter zu klettern versuchte, würde sie mindestens den ganzen Tag brauchen, wenn sie nicht vorher schon ihre Kräfte verließen. Und Toma und seine Männer hätten den Felsen wahrscheinlich vor ihr umrundet und würden unten auf sie warten.

Aus ihrem Rucksack nahm Yara alles Brauchbare heraus und legte es vor sich hin. Die Idee mit dem Schirm musste sie doch wieder verwerfen. Sie war ja nicht lebensmüde. Sie wusste gar nicht ob die Größe der Decke ausreichend war, um mit dieser durch die Luft zu segeln. Also schloss sie diese Möglichkeit aus. Sie hatte den Bohrstab, aber es war zweifelhaft ob das Ding sich durch den Fels bohren konnte. Und wenn ja, was dann? Dann hatte sie zwar ein Loch im Felsen, aber sie würde kaum hindurch passen. Einen kleinen Klappspaten hatte sie auch eingepackt. Natürlich von Bents Ausrüstung gemopst, dachte sie mit einem kleinen Anflug schlechten Gewissens. Der Spaten würde ihr aber hier auch nicht helfen. Sie konnte sich schließlich nicht durch den Felsen buddeln. Also blieb das Seil übrig. Mit dem Seil könnte sie versuchen, sich an der Felswand hinunter zu lassen. Sie hatte nur keine Ahnung, wie das gehen sollte. Yara ging noch einmal mit dem Seil in der Hand zum Rand des Plateaus. Ihr Seil war zwanzig Meter lang und wenn sie es um den großen Felszacken an der linken Seite des Randes schlang, könnte sie ungefähr die Hälfte an Länge schaffen. Die Seile, die in der Gemeinschaft angefertigt wurden, waren ziemlich dünn und leicht aber äußerst widerstandsfähig. Sie versuchte vorsichtig über den Rand nach unten zu blicken. Wenn sie Glück hatte, war in der Höhe, die sie brauchte, wieder ein Felsvorsprung. Tatsächlich konnte sie einen kleinen Vorsprung entdecken, doch mit der Entfernung war sie sich nicht sicher. Aber sie musste es versuchen. Yara packte sorgsam alle ihre Sachen zusammen, ließ sich dabei mehr Zeit als nötig. Sie wollte ihren Entschluss noch ein wenig hinaus zögern. Was, wenn es schief ging. Sie würde fallen und sich alle Knochen brechen, das wars dann mit Yara der Wassergängerin. Nein, sie durfte nicht daran denken. Sie rief sich kurz das kühle Glitzern des Wassers ins Gedächtnis und ließ ihren Geist klären. Es half und Yara nahm das Seil zur Hand. Schade, dass sie keine Handschuhe hatte, Yara dachte mit Sorge an die weiteren Schürfwunden, die sie davontragen würde. Aber gut, sie musste da runter und aufgeschürfte Hände waren ein geringer Preis für ihr Leben. Sie ging zu dem Felszacken hinüber und schlang das Seil so um den Stein, dass beide Enden etwa gleich lang in die Tiefe gingen. Sie konnte nicht ganz erkennen, ob die Enden bis zum Vorsprung reichten, doch immerhin schien der Felsbrocken, um den sie das Seil geschlungen hatte, stabil zu liegen. Yara hielt das doppelt gelegte Seil verkrampft in ihren Händen und überlegte noch, wie sie sich vor einem Fall sichern konnte. Vielleicht könnte sie sich das Seil um den Körper wickeln, ohne dass es zu fest lag. Sie hatte eine Idee, Yara zog sich das doppelte Seil zwischen die Beine, holte es wieder nach vorne und warf es sich dann quer über die Schulter. Wenn es so klappte, wie sie es sich vorstellte, würde sie sich langsam abseilen können. Yara nahm ihren Mut zusammen und versuchte mit dem Seil in der Hand an der Felswand hinunter zu gelangen. Doch schon beim ersten Nachlassen des Seils klatschte Yara direkt an die Wand, weshalb nun eine Schürfwunde ihre Wange verunzierte und brannte. Aber sie hatte es sich schlimmer und vor allem schwieriger vorgestellt. Nach einer kurzen Weile hatte sie den Dreh raus und lief in fast horizontaler Lage langsam den Felsen hinab. Das Problem war, dass der kleine Vorsprung, den Yara von oben gesehen hatte viel weiter unten lag als sie geschätzt hatte. Sie hatte noch ein wenig Seil aber den Vorsprung würde sie damit nicht erreichen können. Yara hielt kurz inne, nahm erneut ihren Mut zusammen, blickte zum Vorsprung unter sich, ließ gleichzeitig ein Ende des Seils los und sprang. Sie kam ungeschickt auf und konnte sich gerade noch so halten, bevor sie weiter über den Rand hinausgestürzt wäre.

Kurze Zeit war Yara zu nichts fähig als zu atmen und damit den Schock zu überwinden. Als sie sich ein wenig beruhigt hatte, zog sie an dem Seilende, welches sie noch in der Hand hielt und einen Ruck später kam das restliche Seil von oben herab. Zeit zum Verschnaufen hatte sie auch jetzt nicht also blickte Yara nach unten und stellte erleichtert fest, dass sie es fast geschafft hatte. Es blieben nur noch ein paar Meter bis zum Boden und wie es aussah, konnte sie diese wieder klettern.

Bevor sie sich an den letzten Abschnitt wagte, blickte sie in das Tal und versuchte auszumachen ob Toma und seine Begleiter dort irgendwo lauerten. Yaras Kleidung sowie ihr Haar hatten mit der Sandfarbe zwar eine gute Tarnung, aber dennoch würde ein geschulter Jäger sie am Felsen entdecken. Ihrerseits konnte Yara allerdings nichts entdecken. Das Tal war zum Teil mit Bäumen und Sträuchern bewachsen, dort würde sie sicher bis zum Einbruch der Nacht Schutz finden. Die Hügelkette hatte sie jedoch noch nicht überwunden. Auf der anderen Seite des Tals breiteten sich weitere Felsen aus und Yara dachte mit Unbehagen daran, diese auch überwinden zu müssen.

Unten angekommen blickte Yara sich misstrauisch um und lauschte auf Stimmen. Doch alles was sie hörte waren Vogelstimmen und das Rauschen des leichten Windes. Sie brauchte unbedingt einen geschützten Platz zum Rasten. Da sie nicht noch mehr Zeit verlieren wollte, machte sie sich in südlicher Richtung durch das Tal auf den Weg. Viele der Bäume waren verdorrt, doch sie fand einen, unter dessen kargem Blätterdach sie ein wenig Schutz vor der Sonne fand. Trotz der Hitze rollte Yara sich in ihre Decke und schlief augenblicklich ein.

Sie erwachte nur wenig später von einem unheimlichen Geheule. Die Sonne stand bereits tief, es würde nicht mehr lange bis zur Abenddämmerung dauern. Yara raffte ihre Decke notdürftig zusammen, stopfte sie achtlos in den Rucksack und lief in schnellem Schritt den Felsen auf der südlichen Seite des Tals entgegen. Das Geheule konnte nur eins bedeuten - die Schakale waren wieder auf der Jagd. Und Yara hatte keine Lust heraus zu finden ob sie eine Beute für die Raubtiere war. In der Ferne konnte sie wenig erkennen, da die Sonne sie noch blendete aber das

Problem würde sich gleich von selbst erledigen, wenn die glühende Scheibe weiter nach Westen wanderte und hinter den Felsen verschwand. Yara brauchte Wasser, doch so lange sie vor den Schakalen davonlief, konnte sie sich nicht auf die Suche konzentrieren. Als die Sonne den Blick nach vorn endlich frei gab, entdeckte Yara eine grüne Stelle, die sich dicht an den vor ihr liegenden Felsen, schmiegte. Dort musste sich das Wasser nahe der Oberfläche befinden. Ihre Vermutung bestätigte sich als sie die grüne Oase erreichte. Zwar hatte sie gehofft, dass es hier ebenso ein Becken geben würde, wie das welches sie auf der hinter ihr liegenden Seite des Tals und der Felsen gefunden hatte, aber es würde so auch gehen. Sie hatte ja den Bohrer. Als Yara an dem kleinen grünen Fleckchen angekommen war, hatte sie einige Vögel aus den Bäumen aufgescheucht, die sich jetzt wieder niederließen. Erstaunt bewunderte sie das Gras, welches den Boden um Bäume und Sträucher herum bedeckte. Schade, dass sie keine Zeit hatte. Hier würde sie gern ein Weilchen bleiben wollen. Yara kramte den Bohrer aus ihrem Rucksack und untersuchte ihn genauer. Die beiden Knöpfe würde sie erst drücken, wenn er im Boden war. An dem unteren, spiralförmigen Ende befanden sich mehrere kleine Löcher, die über und nebeneinander angeordnet waren. Viel mehr gab es an dem Stab auch nicht zu entdecken also suchte sie eine passende Stelle und trieb ihn mit Schwung in den Boden. Sie drückte zuerst den kleinen Knopf und spürte, wie der Stab leicht vibrierte als sich das innere Teil ausfuhr und tiefer in den Boden bohrte. Der Kristall begann dabei schwach zu leuchten. Als sie den anderen, länglichen Knopf drückte, erwies er sich als kleiner Ausguss, der mit der Berührung heraus schwang. Es dauerte wenige Augenblicke, dann floss schon ein kleiner Strahl Wasser heraus. Yara hatte gedacht, es wäre trüb von der Erde, doch der kleine Bohrer musste sogar über einen Filter verfügen. Wieder dankte sie Bent im Stillen, dass er den Kristall aufgeladen hatte. Schnell holte sie ihre Flasche, füllte diese auf und wusch sich unter dem zarten Strahl Gesicht und Hände. Beides brannte wegen der Schürfwunden, aber wenigstens waren die Wunden jetzt halbwegs sauber. Mit einem weiteren Drücken auf die Knöpfe fuhr der Bohrer wieder ein und der Ausguss schloss sich.

Yara, die sich plötzlich beobachtet fühlte, drehte sich noch in der Hocke um und sah in die Augen einer riesigen Echse. Erschrocken stolperte sie einen Schritt zurück, die Echse beobachtete jede ihrer Bewegungen, blieb aber selbst starr. Das hatten wir doch schon, dachte Yara. Ob es dieselbe Echse war, die ihr schon einmal begegnet war, konnte Yara nicht sagen aber diese Augen schienen zu sagen, diesmal entwischt du mir nicht.

Gut, vielleicht bildete Yara sich das auch wieder ein. Dieses riesige Tier war ihr einfach zu unheimlich. Sie versuchte sich zu beruhigen und etwas aggressives an der Echse zu erkennen aber das Tier saß nur ruhig da und beobachtete Yara. Einer Eingebung folgend, aktivierte Yara erneut den Bohrer, der immer noch in der Erde steckte. Als das Wasser sanft floss, bewegte sich die Echse darauf zu und schon schnellte

die Zunge aus dem Echsenmaul, um das Wasser auf-
zufangen. Als das Tier genug hatte, blickte es Yara
noch einmal an und verschwand so leise, wie es gekommen war zwischen den Sträuchern. Das war so
merkwürdig, wie es unheimlich gewesen war und
Yara packte schnell den Bohrer zusammen. Sie hatte
das Gefühl, der Echse folgen zu müssen. Obwohl sie
das Tier nicht mehr sah, konnte sie dennoch erst im
zerdrückten Gras, dann im Sand ihre Spuren erkennen. Und als sie aufblickte, lag vor ihr eine Schlucht,
welche die Felswände durchtrennte und einen Weg
durch die kargen Hügel freigab. In der Ferne sah Yara
noch einen Echsenschwanz zwischen den Felsen verschwinden. Konnte das wirklich sein? Hatte die
Echse ihr den Weg gezeigt? Oder war es eine Falle?

Wie dem auch sei, sie hörte wieder das Geheul der
Schakale, bewegte sich schnell auf die Schlucht zu
und verschwand nach einigen Metern wie die Echse
zwischen den Felsen.

Toma runzelte verbissen die Stirn. Yara war entkommen. Er hatte es in dem Moment gewusst als sie
in der Felsenhalle angekommen waren und dort
nichts außer Gestank und Tierexkremente vorgefun-
den hatten. Trotzdem hatte er darauf bestanden, den
beschwerlichen Weg zwischen den Felsen zu nehmen, um sie eventuell doch noch einzuholen. Sie hatten einen Tag und eine halbe Nacht gebraucht, um in
das Tal zu gelangen. Den Jägern war der Ort bekannt
aber über das Tal hinaus waren auch sie noch nicht

gekommen. Wenn Yara sich hier aufhalten würde, hätte sie kaum eine Möglichkeit zum Verstecken gehabt also sah Toma letztendlich ein, dass sie sich wieder auf den Rückweg machen mussten. Außerdem gingen ihnen die Vorräte aus. Vielleicht wäre es den Jägern gelungen, eine Schlange, einen Schakal oder gar einen Vogel zu bekommen aber das Wasser reichte nicht mehr sehr weit. Und sie mussten den beschwerlichen Rückweg noch auf sich nehmen. Die kleine Quelle, an der Yara sich erfrischt hatte, hatten die drei Männer nicht bemerkt.

Für die fast ausgetrocknete Schönheit des Tals hatte Toma keinen Blick übrig. Er wusste, dass es hier zu wenig Wasser gab also war der Ort nicht von Interesse für ihn. Sowieso interessierte ihn im Augenblick nur Yara. Er dachte an ihre türkisfarbenen Augen, die das gesamte Wasser dieser Erde gespeichert zu haben schienen. Wenn sie keine Wassergängerin war, dann war er wahrscheinlich ein Wüstenfuchs. Nein, nein es gab keinen Zweifel daran. Und außerdem fand er sie ziemlich begehrenswert, gestand sich Toma ein. Er hätte sie gern zur Frau gehabt. Aber noch hatte er nicht aufgegeben. Er würde einen Weg finden, das Mädchen zurück zu holen. Und dann gehörte sie ihm, dessen war sich der obere Gemeinschaftsverwalter sicher.

Yara war eine Weile der Schlucht gefolgt, bis sie eine Nische in der rechten Felswand entdeckt hatte. Dort hatte sie endlich ein Feuer anzünden und sich ausruhen können. Hier fühlte sie sich halbwegs sicher vor neugierigen Blicken - ob von Tier oder Mensch. Unterwegs hatte sie immer wieder trockene Ästchen gesammelt, in der Hoffnung genau einen solchen Platz zum Rasten zu finden. Das kleine Feuergerät hatte ihr gute Dienste erwiesen, in dem sie die angehäuften Sträucher anzünden und ihre Schale mit Wasser hatte erhitzen können. Jetzt ließ sie sich den Getreidebrei mit Dörrfleisch schmecken. Es würde noch eine Weile dauern bis der Morgen anbrach, aber Yara war so müde, dass sie entschied, doch einen Teil der Nacht zu rasten und morgen im Tageslicht aufzubrechen. In der Schlucht hätte sie außerdem noch eine Weile Schutz vor der Sonne.

Die Nacht war still, sie hörte weder die Schakale heulen noch andere Tierstimmen. Anfangs raschelte es um die schlafende, junge Frau herum, doch auch diese Geräusche verstummten bald. Am Morgen kam sich Yara seit langer Zeit endlich etwas ausgeruht vor. Die Sonne stand noch nicht allzu hoch am Himmel, sodass die Schlucht im Schatten lag. Sie packte ihre Sachen zusammen, verwischte mit dem Fuß die letzten Reste des längst erloschenen Feuers und begab sich wieder auf den Weg. Tatsächlich dauerte es gar nicht mehr so lange, bis Yara das Ende der Schlucht erreichte. Der Weg war immer schmaler geworden, doch die Felswände hielten ihre Trennung aufrecht. Als Yara nun aus der Schlucht trat, erblickte sie nichts als Wüste. Sie seufzte erleichtert. Diesen Teil ihrer Reise hatte sie also geschafft. Sie fragte sich, wie weit die andere Gemeinschaft entfernt sein konnte, ob sie noch mehrere Tage durch die Wüste würde wandern müssen oder ob sie schon heute Spuren menschlicher Nähe entdecken würde. Yara blickte noch einmal in die Schlucht zurück und dachte an die Echse. War das alles wirklich passiert? Ihr kam es fast wie ein Traum vor, aber schließlich war sie der Hügelkette und somit ihrer Gemeinschaft endgültig entkommen. Sie kramte aus dem Rucksack ihr Tuch gegen Sand und Sonne hervor, schlang es sich um Kopf, Mund und Nase und marschierte los. Die hitzegetränkte Luft ließ die Sandebene vor ihr wie Wasser flimmern. Yara kannte dieses Phänomen und erfreute sich daran, auch wenn sie wusste, dass es kein wirkliches Wasser war.

In stiller Zufriedenheit lief Yara durch die Wüste, aß zwischendurch Trockenfrüchte und trank Wasser. Als sie meinte, dass ihr Wasservorrat zur Neige ging, streckte sie gedanklich ihre Fühler nach in der Nähe liegenden Wasseradern aus. Viel gab es nicht, was sie unter der Erde spürte. Etwas weiter östlich schien eine dünne Ader nicht zu weit unter der Oberfläche zu liegen. Es wäre zwar ein Umweg, aber Yara wollte auch nicht riskieren, in den nächsten Tagen kein Wasser zu finden. Also wich Yara von ihrer eingeschlagenen Richtung ab und wandte sich nach Osten.

Sie erkannte das Problem schon aus der Ferne. Es waren Ruinen aus der alten Welt. Als Yara noch näherkam, spürte sie das Wasser deutlicher, es musste unter den Ruinen verlaufen. Deshalb hatte sie gedacht, die Ader läge dicht unter der Erde. Die Ruinen hatten sie getäuscht, hier konnte sie das unterirdische Wasser nicht erreichen. Auf keinen Fall würde Yara versuchen, hier zu bohren. Niemand konnte genau wissen, was unter dem Sand verborgen lag. Gut, jetzt war sie schon hier also könnte sie versuchen, der Ader zu folgen und zu sehen, wo die Ruinen endeten und ob die Ader höher stieg. Vorsichtig ging Yara entlang des unterirdischen Wassers. Sie fragte sich, ob hier mal eine der riesengroßen Städte gelegen hatte, von denen sie im Lehrzelt erfahren hatte. Hoffentlich nicht, denn dann müsste sie dem Wasser ziemlich lange folgen, ohne es erreichen zu können und sie lief Gefahr, irgendwo im Sand einzustürzen. Wenn sie nur sehen könnte, was sich unter dem Sand verbarg. Die aus dem Wüstenboden herausragenden Ruinen hatte sie schon hinter sich gelassen, doch sie wollte der Ader sicherheitshalber etwas weiter folgen, bevor sie versuchte an sie heran zu kommen.

Als Yara merkte, dass sich der Boden unter ihren Füßen bewegte, war es schon zu spät. Sie versuchte noch irgendwo Halt zu finden, doch der Sand neben und vor allem unter ihr gab einfach nach. Schreiend wurde Yara erst wie durch einen Trichter nach unten gezogen, um dann in die Tiefe zu fallen.

III. DIE UNTERWELT

∞

Yara wachte mit einem Stöhnen auf. War sie tot? Sie versuchte sich aufzusetzen, schrie vor Schmerz auf und wusste, dass sie wohl nicht tot war. Solche Schmerzen würde doch kein Toter haben können. Es war ihr rechtes Handgelenk, das so schmerzte. Yara versuchte es zu bewegen und schrie erneut auf. Was war eigentlich passiert? Sie musste ohnmächtig geworden sein, nachdem sie in den Wüstensand hineingefallen war. Vorsichtig überprüfte sie, ob sie sonst irgendwelche Schäden davongetragen hatte aber außer dem verletzten Handgelenk schien sie in Ordnung zu sein. Wo war sie hier überhaupt? Yara sah sich neugierig um. Ihr Sturz wurde von einem weichen, grünen Teppich aus Pflanzen aufgefangen. Yara erkannte es als eine Art Moos. Im Lehrzelt ihrer Gemeinschaft gab es einen Hologrammprojektor, mit dem sie Bilder und Filme aus der alten Welt sehen konnten. Der Projektor stammte auch aus der alten Welt, die Techniker der Gemeinschaft hatten ihn irgendwann repariert und hüteten ihn wie einen Schatz. Nach jeder Lehrstunde wurde er sofort wieder aus dem Lehrzelt entfernt, damit niemand daran herumfummeln konnte. Sie erinnerte sich an die wenigen Bilder mit moosbewachsenen Waldböden. Aber sie hätte niemals gedacht, so etwas tief unter dem Wüstensand zu finden. Yara befand sich in einer Art rechteckigem Schacht und als sie nach oben blickte erkannte sie, dass sich die Wände dieses

Schachtes unerreichbar weit in die Höhe zogen. Das Ende konnte sie gar nicht erblicken, da immer wieder Steinplatten oder so etwas ähnliches aus den Seitenwänden des Schachtes ragten. Yara erkannte, dass sie riesiges Glück gehabt hatte, hier unten so wenig verletzt anzukommen. Sie hätte sich an den Steinplatten alles mögliche brechen können. Erst jetzt fiel ihr auf, dass es hier unten, obwohl kein Tageslicht ankam, trotzdem nicht absolut dunkel war. An den Wänden befand sich eine fluoreszierende Schicht, von der ein grün-bläuliches Licht ausging. In der einen Schachtwand entdeckte Yara ein türgroßes Loch und jetzt war sie sicher, dass sie sich in einem ehemaligen Hochhaus aus der alten Welt befand. Auch Hochhäuser hatte sie auf den Bildern im Lehrzelt gesehen, sie nannten sie Wolkenkratzer. Sie hatte damals gefragt, warum die Menschen so sehr in die Höhe gebaut hatten. Kari, ihr Lehrer hatte gesagt, dass es für die Menschen zu wenig Platz gab, weshalb sie sich nach oben ausdehnen mussten. Das hatte sich Yara überhaupt nicht vorstellen können. Sie sah die unendliche Weite der Wüste vor sich, wie kann es da zu wenig Platz gegeben haben?

Ein Krachen riss Yara aus ihren Gedanken. Sie blickte nach oben und hechtete mit einem Sprung in die Türöffnung als sich eine der Steinplatten löste und mit Riesengetöse hinabstürzte. Gerade dahin, wo Yara eben noch gestanden hatte. Wahrscheinlich hatte sie mit ihrem Eindringen das jahrtausendalte Gebäude weiter zum Einsturz gebracht, denn es krachte und brüllte immer mehr, während Yara den schmalen Gang entlanglief, den die Türöffnung freigegeben hatte. Die Wände gaben auch hier ihr unheimliches Licht ab, sodass Yara wenigstens ein wenig sehen konnte, ohne die Kristalllampe herausholen zu müssen. Sie rannte noch eine Weile weiter und fragt sich, wo sie sich befand und ob sie je wieder nach oben finden würde. Hinter ihr hatte sich das Krachen gelegt und Yara verschnaufte einen Moment. Sie nahm sich das Tuch vom Hals, zum Glück hatte sie es nicht beim Sturz verloren, und verband ihr rechtes Handgelenk. Sie hoffte einen weiteren Schacht zu finden, an dem sie versuchen konnte, nach oben zu klettern. Über ihr mussten sich mehrere Tonnen Wüstensand befinden und Yara wollte nicht darunter begraben werden. Wer weiß, wie lange die Steinplatten über ihr noch zusammenhielten, wo doch eben schon der Schacht zusammengekracht war.

Rechts und links im Gang hatte sie immer wieder Öffnungen gesehen, die jedoch mit einem Gemisch aus Schutt, Sand und Wurzeln verschlossen waren. Die Luft war feucht und kalt und Yara begann trotz der Bewegung ein wenig zu frösteln. Sie spürte das Wasser mit der feuchten Luft um sie herum, doch zum ersten Mal verschaffte ihr der Gedanke an Wasser keine Beruhigung. Es war hier so anders als alles was sie bisher kannte. Obwohl sie sicher noch nicht lange hier unten war, vermisste sie schon die Weite und strahlende Helligkeit der Wüste. Die Enge begann sie fast körperlich zu erdrücken.

Wieder befand sich links ein türgroßes Loch, doch diesmal war es nicht vollständig verschüttet. Nun holte sie doch ihre Kristalllampe heraus und versuchte den Raum dahinter auszuleuchten. Metallstreben hatten sich so verkantet, dass darunter ein unverschütteter Zwischenraum entstanden war, durch den sie auf die andere Seite gelangen konnte. Yara konnte erkennen, dass sich auf der anderen Seite des Raumes ebenfalls eine Öffnung befand. Wenn sie Glück hatte, war dort ein Schacht, der nach oben führte und sie würde endlich diesen schrecklichen Ort verlassen können. Sie war froh, dass sie die kleine Kristalllampe hatte, denn hier in diesem Zwischenraum wuchsen keine fluoreszierenden Flechten, oder was immer das war, an den Wänden. Über ihr knackte es verräterisch, doch als Yara kurz innehielt, verstummte das Geräusch. Auf dem Boden waren überall Steinbrocken und irgendwelcher Metallschrott verteilt, über den Yara hinweg klettern musste, doch schließlich erreichte sie die andere Seite des Raumes, ohne dass irgendetwas über ihr zusammenkrachte. Als sie sich durch die halb verschüttete Öffnung quetschte, stand sie nicht wie sie gehofft hatte, in einem Schacht, der nach oben führte, sondern in einem weiteren Gang. Verdammt, das war das reinste Labyrinth. Zurück durch den halb verschütteten Raum wollte Yara jedenfalls nicht also blieb nur die Entscheidung ob rechts oder links den Gang entlang. Sie entschied sich für rechts, packte im Gehen ihre Lampe ein, da die Wände hier wieder leuchteten und blieb kurze Zeit erneut vor einem weiteren Gang stehen.

Das hier etwas anders war spürte Yara sofort. Als sie diesen Gang betrat, hatte sich die Luft verändert. Es roch nicht mehr ganz so modrig und irgendwie war es auch wärmer. Sie ging links entlang und blieb erschrocken stehen als sie eine Kristalllampe in einer Halterung in der Wand stecken sah. „Was…?" Den laut ausgesprochenen Gedanken konnte sie nicht bis zu Ende führen, da sie von hinten niedergeschlagen wurde.

Als Yara erwachte, schmerzte nicht nur ihr Handgelenk, sondern auch ihr Kopf. Sie lag in einer Art dunkler Kammer, sie konnte einen Eingang ohne Tür ausmachen, durch den ein schwacher Lichtschimmer einfiel. Sie versuchte sich aufzusetzen und stöhnte laut auf als ihr Kopf zu platzen drohte. Wenig später erschien eine dunkle Gestalt im Eingang und Yara kroch erschrocken rückwärts, bis sie die Wand im Rücken spürte. „Tut mir leid wegen deinem Kopf." Sagte die Gestalt und kam näher in den Raum hinein. „Wir wollten dich nicht verletzen aber du standest da auf einmal mitten im Weg. So oft bekommen wir hier keine Besucher von der Oberwelt." „Wo bin ich überhaupt? Und wer bist du?" Yara stellte die Frage vorsichtig. Sie hatte sich gerade in Gedanken gefragt, ob sie sich beim Sturz doch den Kopf verletzt hatte und nun aufgrund von Dehydration einfach halluzinierte. „Ich bin Marlo. Und du bist hier in der Unterwelt. Keine Ahnung, wie du überhaupt hierhergekommen bist, aber du hast gleich ein Gespräch mit Miron. Dann kannst du ihm alles erzählen." „Und wer ist

Miron?" fragte Yara, die sich immer noch unsicher war, ob sie halluzinierte. „Komm einfach." Marlo hielt Yara die Hand hin, um ihr beim Aufstehen zu helfen, aber Yara ignorierte sie und quälte sich allein auf die Beine. Marlo zuckte nur mit den Schultern und ging voran in dem Vertrauen, dass Yara ihm schon folgen würde. Sie traten aus der Kammer wieder in einen engen Gang. Yara hatte langsam genug von diesen Gängen, aber ihr blieb wohl vorerst nichts anderes übrig als Marlo zu folgen. Außerdem hatte man ihr den Rucksack abgenommen, den musste sie unbedingt zurückbekommen. Sie stellte beim Laufen fest, dass der Gang befestigt worden war und in regelmäßigen Abständen Kristalllampen in Halterungen an den Wänden steckten. Woher hatten die hier die ganzen Kristalle? „Lebt ihr hier unten etwa?" Yara fröstelte bei dem Gedanken daran, hier unten leben zu müssen. Immer wieder zweigten links und rechts weitere Gänge ab, die ebenfalls durch Kristalle erleuchtet wurden. Ab und zu sah Yara Gestalten hin und her huschen. „Lebst du etwa da oben?" Fragte Marlo im Gegenzug. „Äh ja, was glaubst du denn, wo ich hergekommen bin? Etwa aus der Tiefe?" Was sollte diese Frage eigentlich von Marlo? Yara wurde langsam ärgerlich, die Enge machte ihr zu schaffen. „Ich sagte doch schon, ich hab keine Ahnung, wo du her gekommen bist." Gab Marlo kurz zurück. Na, diese Unterhaltung würde ja lustig werden. Yara beschloss, erstmal keine Fragen zu stellen und abzuwarten, was auf sie zukommen würde.

Der Gang weitete sich langsam und zur linken Seite öffnete sich eine Art große Halle. Es erinnerte sie an ihre Gemeinschaft, überall waren lange Tische mit Bänken drum herum verteilt und Leute huschten hin und her und stellten Krüge auf die Tische. Die Leute trugen lange, dunkle Gewänder und bewegten sich irgendwie still. Marlo trug auch so ein dunkles Gewand mit einem Gürtel und einer Tasche daran. Es war definitiv anders als in ihrer Gemeinschaft, dort wurde viel geredet und gelacht und manchmal auch gestritten. Sie musste endlich aufhören, es ihre Gemeinschaft zu nennen. Es war nicht mehr ihre Gemeinschaft, sie hatte sie schließlich verlassen und hatte nicht vor zurückzukehren.

„Wir sind da." Marlo blieb stehen und Yara lief voll in ihn hinein, weil sie in Gedanken war und die Menschen in der Halle betrachtet hatte. Sie standen vor einer Öffnung, die mit einem dunklen Stoff verhangen war. Als sie so dicht voreinander standen, fielen ihr Marlos blasse Haut und wässrig helle Augen auf. Sie standen in krassem Gegensatz zu seinem dunklen Haar. Der Typ muss dringend mal in die Sonne, dachte Yara. Marlo nahm den Stoff beiseite und bedeutete Yara, einzutreten. Yara hatte wieder eine Kammer erwartet aber der Raum erwies sich als relativ groß und komfortabel eingerichtet. Es gab auf der einen Seite einen niedrigen, runden Tisch um den sich mehrere, merkwürdig aussehende Stühle verteilten. Daneben stand eine Art Beistelltisch, auf diesem befanden sich eine gläserne Karaffe und einige Trinkgläser. An den Wänden steckten wieder die Kristalllampen. Auch zwei Regale gab es mit diversem Zeug und einigen echt aussehenden, alten Büchern gefüllt.

Yara hatte noch nicht bemerkt, dass neben den Regalen eine weitere Öffnung mit Stoff verhangen war. Aus dieser Öffnung trat jetzt ein großer Mann und sah Yara aus dunklen Augen an, auch seine Haut war blass. „Hallo Yara, ich bin Miron. Setz dich doch." Der Mann, der sich als Miron vorgestellt hatte, wies auf die Stühle an dem runden Tisch. Yara drehte sich nach Marlo um, doch der hatte den Raum gar nicht betreten. Entschlossen, sich ihre Unsicherheit nicht anmerken zu lassen, bewegte sich Yara auf die Stühle zu und prüfte verstohlen die Sitzfläche, bevor sie sich setzte. So ein Material hatte sie noch nie gesehen. „Es sind Überreste der alten Welt, ein sehr stabiles Material." Miron hatte Yaras Überprüfung sehr wohl bemerkt. „Was habt ihr mit meinen Sachen gemacht?" Yara kam gleich zur Sache, sie hatte keine Lust, hier unten länger als nötig zu bleiben. „Und woher kennst du meinen Namen?" Sie war sich sicher, dass sie weder diesem Marlo noch sonst wem hier, ihren Namen verraten hatte. Miron überging ihre Fragen und setzte sich ebenfalls. „Ich möchte mich entschuldigen, falls das mein Sohn Marlo noch nicht getan hat. Normalerweise werden Besucher bei uns nicht niedergeschlagen, aber du hast meinen beiden Männern wohl einen Schrecken eingejagt. Nicht, dass wir so häufig Besuch bekämen. Das letzte Mal, dass uns ein Oberirdischer besucht hat, ist schon viele Jahre her." Yara hatte genug von dem Geschwafel. „Ich bitte dich, gib mir meine Sachen und zeig mir den Ausgang, dann bin ich weg. Ich hatte nicht die Absicht, euch zu besuchen. Ich fiel versehentlich durch eine der Ruinen in die Tiefe und landete dann hier." „Sieh mal Yara, mich interessiert, was du da oben wolltest. Es gibt in einem weiten Umkreis nichts als Wüste. Selbst wenn du nach Wasser gesucht hast, wie wolltest du darankommen? Was meine nächste Frage aufwirft: Was ist das für ein Kristallstab, den du in deinem Rucksack trägst? Und woher wolltest du überhaupt wissen, ob es hier Wasser gibt?" Yara wurde blass. Diese Typen hatten ihre Sachen durchwühlt. „Du hast in meinen Sachen geschnüffelt?" „Ach Yara, schnüffeln ist kein schöner Ausdruck, wir sind doch keine Tiere. Aber ja, ich habe mir deine Sachen angesehen." Mirons Stimme blieb freundlich, doch Yara hatte das Gefühl, einem Schakal gegenüber zu sitzen. Seine dunkle Augen fixierten sie und hatten einen Ausdruck angenommen, den Yara schon einmal gesehen hatte. Toma hatte sie so angeschaut als er ihr offenbart hatte, dass er von ihrer Gabe wusste. Yara war auf der Hut. „Also, was ist das für ein Stab? Und woher hast du die Kristalllampe. Kristalle sind äußerst selten in der Oberwelt und du trägst gleich zwei davon bei dir." Miron goss etwas Flüssigkeit aus der Karaffe in zwei Gläser. Es schien Wasser zu sein, eines der Gläser schob er zu Yara hinüber. „Der Stab ist nichts Besonderes. Und die Lampe habe ich von einem Freund. Bitte gib mir jetzt meine Sachen zurück, damit ich gehen kann. Ich finde sicher auch alleine hier raus." Es ebenfalls mit Freundlichkeit zu versuchen konnte ja trotzdem nicht schaden. Wer weiß, wie diese Typen drauf waren und sie wollte unbedingt hier weg. Yara ahnte allerdings schon, dass es schwierig werden würde aus diesem Labyrinth zu entfliehen. Ihre Ahnung sollte sich bald bestätigen.

„Ich schlage dir etwas vor. Du isst mit uns zu Abend, ruhst dich ein wenig aus und morgen sehen wir weiter. Ich denke, du hast bereits begriffen, dass wir hier in einem sehr verzweigten System leben, in dem man sich schnell verirren kann und unter Umständen nie mehr herausfindet oder gar verschüttet wird. Das wollen wir doch nicht oder Yara?" Die unterschwellige Drohung in seinen Worten war nicht zu überhören. Sie musste unbedingt vorsichtig sein, aber vorerst würde sie sein Spiel mitspielen. „Okay, das entspricht zwar nicht ganz meinen Plänen, aber du hast recht. Ich könnte eine Mahlzeit und etwas Ruhe vertragen. Danke für dein Angebot."

Miron rief nach seinem Sohn und kurz darauf erschien Marlos Kopf im Stoffeingang. Hatte er etwa die ganze Zeit vor dem Eingang gewartet? Wie viel hatte er von dem Gespräch mitbekommen? „Komm!" rief er nur kurz und ging wieder davon aus, dass Yara ihm einfach folgte. Sie blickte noch einmal zu Miron, der ungerührt an seinem Wasserglas nippte, dann folgte sie dem jungen Mann. Marlo führte sie allerdings nicht zurück zu der großen Halle, sondern den Gang weiter entlang, um dann nach links abzubiegen. Unterwegs waren ihr mehrere, ebenfalls mit Stoff verhangene Öffnungen aufgefallen. Vor einer solchen Öffnung blieb Marlo jetzt stehen. „Hier kannst du dich erst ein wenig frisch machen und später ausruhen. Ich schicke dir Nida vorbei. Sie kann sich deine Wunden ansehen und dich dann zum Abendessen mitbringen. Bis später." Damit ließ er die verblüffte Yara allein.

∞

Yara sah sich in dem kleinen Raum um. Die Wände und die Decke waren auch hier mit Holzstreben und festem Stoff befestigt, aber es sah so aus als wäre es tatsächlich ein Zimmer eines früheren Hauses gewesen. Als sie ein Stück Stoff von der Wand abhob, konnte sie Beton-, Stahl- und andere Schuttreste in der festgedrückten Erde erkennen. Also schien das hier doch eine der alten, großen Städte gewesen zu sein. Die Frage war, woher kam das Holz für die Befestigungen? Sie mussten doch eine Menge davon benötigt haben. Yara glaubte nicht, dass das Holz Jahrtausende überdauert hatte, um dann hier verwendet werden zu können. Sie beschloss, sich danach zu erkundigen. Auch die anderen Materialien waren schwer zu beschaffen, dass wusste sie aus ihrer alten Gemeinschaft. Gut, sie hatten einiges an Holz durch die Obstbäume und auch eine Glasbrennerei und bauten Baumwolle an, aber das war doch hier unter der Erde unmöglich.

In dem Raum standen noch eine Liege und ein kleiner Tisch mit einer Schüssel darauf. Yara begutachtete die Schüssel, sie war aus dickem Glas und mit Wasser gefüllt. Daneben lag ein Stück Stoff, wahrscheinlich zum Waschen oder Abtrocknen. An der Wand neben dem Eingang stand ein weiterer kleiner Tisch, auf dem sich eine gefüllte Karaffe und ein Glas befanden. Die Leute schienen hier keine Probleme mit der Wasserversorgung zu haben, so verschwenderisch, wie es hier überall herumstand. In ihrer Gemeinschaft hatte Palo, um die Wasserader so lange

wie möglich nutzen zu können, nur eine große Trink-
flasche pro Kopf und Tag erlaubt. Ausnahmen waren
nur in Krankheitsfällen möglich gewesen. Auch zum
Waschen hatten sie nur eine Schüssel pro Zelt, deren
Wasser drei Mal pro Woche ausgewechselt werden
durfte. Zum Baden hatten sie ein extra Badezelt, welches man zwei Mal in der Woche besuchen konnte.
Yara war schon ein wenig neugierig, wie die Leute
hier lebten, dennoch wollte sie so schnell wie möglich
fort.

Ein Kopf schob sich durch den Vorhang, der den
Eingang bedeckte. „Hi, ich bin Nida." Nidas Gestalt
folgte ihrem Kopf, sie war ebenfalls in ein schwarzes
Gewand gehüllt, klein und unheimlich blass. Sie
hatte, wie Marlo, dunkles Haar und wässrig helle Augen. „Ich will mir mal dein Handgelenk ansehen.
Marlo sagt, es ist vielleicht gebrochen." Yara fragte
sich, woher Marlo das wissen wollte, aber sie setzte
sich artig neben Nida auf die Liege und ließ sie ihre
Hand begutachten. „Du hast ganz schön was mitgemacht." Nida deutete auf Yaras Gesicht und sah sich
dann ihre rechte Hand an. Yara blieb stumm und beobachtete die Frau mit der blassen Haut. Nida nahm
Yaras provisorischen Verband ab und bewegte kurz
das Handgelenk. Yara keuchte schmerzerfüllt auf.
Die Frau ließ sich von Yaras Keuchen nicht ablenken
und fuhr mit dem Abtasten der Hand fort. „Ich
denke, es ist nicht ganz gebrochen aber angeknackst.
Ich werd sehen, was ich tun kann." Sie holte etwas
aus den Tiefen ihres Gewandes, was sich als kleines,
flaches Brettchen erwies, sowie einen langen Stoffstreifen. „Hast du so etwas immer dabei?" Fragte

Yara mit ironischem Unterton in der Stimme. Auch diesmal ließ sich die kleine Frau nicht aus der Ruhe bringen. „Ich hatte es vorsorglich eingesteckt, weil Marlo sagte, dein Handgelenk sei eventuell gebrochen. Doch das sagte ich bereits." Yara schloss kurz die Augen und atmete tief ein, während Nida ihr die kleine Schiene anlegte und verband. Diese Leute nahmen aber auch jedes Wort todernst, dass hatte sie bei Marlo schon bemerkt. Sie wollte allerdings nicht unhöflich sein, da diese Nida sie verarztet hatte und erwiderte einfach nichts darauf. Nida stand bereits auf und wandte sich zum Gehen. „Hast du dich etwas frisch gemacht? Dann komm, wir gehen zum Abendessen."

Sie wurde von Nida wieder den Weg zurückgeführt, den sie mit Marlo vorhin hergekommen war. Yara fiel auf, dass Nida sich etwas steif bewegte, als hätte sie körperliche Probleme. Sie kamen an der Halle an, die nun voll besetzt war. Nida führte sie an einen Tisch am Rand, an welchem auch Marlo und Miron saßen. Miron saß am Kopfende, Marlo neben ihm zu seiner rechten. Links saß eine Frau, die Yara interessiert ansah. Nida wies auf einen lehren Stuhl und ging dann zu einem anderen Tisch, an den sie sich setzte. Yara blickte ihr stirnrunzelnd nach. „Komm und setz dich, Yara. Du musst hungrig sein. Fühl dich ganz wie zu Hause." Den letzten Satz betonte Miron auf eine Weise als wüsste er, woher Yara tatsächlich kam. Marlo sah sie nur kurz an und widmete sich dann wieder seinem Essen. Yara fühlte sich äußerst unwohl, doch sie hatte auch richtig Hunger.

Es gab Brot, Käse und Fleisch und auch ein paar Trockenfrüchte. Nach einem knappen: „Danke für die Einladung." griff sich Yara alles, was in ihrer Nähe stand und schaufelte eine ordentlich Portion auf ihren Teller. Es schmeckte tatsächlich fast so, wie in ihrer alten Gemeinschaft. Wo hatten die das alles her? Als sie sich satt gegessen hatte, sah sie sich verstohlen um und bemerkte, dass Miron sie anstarrte. „Schön, dass es dir geschmeckt hat, Yara. Darf ich dir meine Frau vorstellen, das ist Harma." Die Frau zu seiner linken sah Yara mit freundlichem Lächeln an. Auch sie war äußerst blass, hatte aber ebenso dunkle Augen wie Miron. „Herzlich willkommen bei uns, Yara. Ich hoffe, du wirst dich hier wohl fühlen." Yara blickte Mirons Frau irritiert an. „Äh, ich werde nicht lange bleiben. Ich möchte nur meine Sachen, dann will ich weiterziehen." „Doch sicher wirst du dich eine Nacht bei uns ausruhen, nicht wahr? So viel Zeit wirst du wohl haben. Ich kann mir vorstellen, dass dich interessiert, wie wir leben. Marlo wird dich morgen etwas herumführen." Sprachlos starrte sie Miron an. Wie konnte er das über ihren Kopf hinweg entscheiden? Und dann vor allen Leuten, sodass Yara seinen Vorschlag oder vielmehr seine Aufforderung nicht wirklich ablehnen konnte.

Die Leute um sie herum begannen aufzustehen und Yara bemerkte verwirrt, dass die meisten sich langsam und holprig bewegten, so als hätten sie Schmerzen. Und es war still, kein Gerede, kein Gelächter, nur ab und zu ein Flüstern oder Stöhnen. Auch Miron und seine Frau standen auf. „Es ist spät.

Marlo wird dich zu deinem Zimmer bringen. Wir sehen uns morgen, Yara." Ohne ein weiteres Wort verließen sie den Tisch und zurück blieben nur Yara und Marlo. „Was soll das eigentlich alles hier? Marlo, was geht hier vor? Bitte, hilf mir meine Sachen zu bekommen, damit ich wegkann!" Yaras Stimme war fast schon ein Flehen. Sie hatte das ungute Gefühl, dass die Unterweltler sie nicht so einfach gehen lassen würden. „Das kann ich nicht, Yara. Tut mir wirklich leid. Komm, ich bring dich zu deinem Zimmer." Marlo sah sie bei seinen Worten nicht an. „Bist du jetzt mein Babysitter, oder was?" fauchte Yara. Sie hatte endgültig genug, sie würde versuchen, heute Nacht ihre Sachen zu bekommen und abzuhauen. Sie würde schon einen Weg hier rausfinden, schließlich hatte sie auch irgendwie hineingefunden. Vor dem Eingang ihres Zimmers fragte Yara noch, wo sie zur Toilette gehen könne. Marlo wies auf eine Öffnung zwei Eingänge weiter. „Du gehst dort rein und hältst dich links. Das ist das nahe gelegenste für dich. Versuch nicht, allein hier rauszukommen, Yara. Du würdest es nicht schaffen, glaub mir." Damit ließ er sie einfach stehen.

Nachdem Yara die Toilette inspiziert hatte - es war genau wie in ihrer alten Gemeinschaft, ein Holzgestell mit tiefem Loch darunter und Sand zum zuschütten - grübelte sie, wie sie an ihre Sachen kommen könnte. Sicher hatte Miron sie bei sich aufbewahrt. Sie könnte versuchen, zu seinen Räumen zu gelangen und das Regal in dem Raum zu durchsuchen, in dem sie mit ihm zuerst gesprochen hatte. Das wäre immerhin ein Anfang. Sie sah zu der Karaffe und dem Glas auf dem kleinen Tisch. Sie hatte weder beim Abendessen noch davor etwas getrunken. Sie brauchte dringend Wasser für einen klaren Kopf. Yara merkte schon bevor sie das Glas ausgetrunken hatte, dass ihr schwindelig wurde. Sie wankte zurück zur Liege und fragte sich noch ob sie je wieder aufwachen würde, wenn sie jetzt einschliefe, aber es war schon zu spät - Yara war tief und fest eingeschlafen.

„Yara, wach auf!" Jemand rüttelte an ihr, was sollte das, dachte Yara noch bevor sie die Augen öffnete. Es war Marlo, der sie so unsanft versuchte zu wecken. Als sie das erkannte, setzte sie sich schlagartig auf, schlug seine Hand weg und musste prompt ein Stöhnen wegen des heftigen Kopfschmerzes unterdrücken. „Was habt ihr mit mir gemacht?" „Hier, trink das!" Marlo reichte ihr ein Glas mit klarer Flüssigkeit. Yara beäugte es skeptisch. „Es ist nur Wasser. Wirklich, du kannst mir glauben." Yara fühlte sich derart ausgetrocknet, dass sie trotz ihrer Bedenken das Glas in einem Zug austrank. Was hätten sie schon davon, wenn sie hier nur schlafend rumläge. „Wir haben dir nur etwas zum Schlafen gegeben, damit du dich ordentlich erholen kannst. Nichts schlimmes also." „Ja und zufällig habt ihr vergessen, es mir zu sagen. Hattet ihr Angst, ich würde abhauen? Na ja, zumindest war das tatsächlich mein Plan. Und falls es dich interessiert, Marlo, das ist auch weiterhin mein Plan. Ich werde hier nicht länger als nötig bleiben und wenn ich ohne meine Sachen verschwinden muss." „Es tut mir leid, wie das alles auf dich hier

wirken muss. Aber du bist schließlich bei uns einge-
drungen. Du hast einfach so Kristalle in deiner Tasche und kommst wie aus dem Nichts in unsere Welt.
Was suchst du hier, Yara?" Erschrocken hielt Marlo
inne. Yara sah ihm an, dass er mehr gesagt hatte als
er wollte. „Ich suche hier gar nichts. Es ist so, wie ich
sagte. Ich bin versehentlich in eine der Ruinen gestürzt und versuchte wieder herauszukommen."
„Trotzdem bist du jetzt hier." Das klang fast schon
traurig und Marlo drehte sich von ihr weg. „Komm,
steh jetzt auf. Ich warte draußen und führe dich dann
herum, wie mein Vater es gernhätte."

Tatsächlich zeigte ihr Marlo fast alles. Sie kamen
an Küchenräumen, Badezimmern, verschiedenen
Werkstätten, sogar einer Glasbrennerei und sonsti-
gen Räumen vorbei. Alles war mit Kristalllampen beleuchtet. Die meisten Räume verfügten über eine Art
Abluftsystem und Yara überlegte, ob sie durch die dicken Rohre kriechen könnte, um zu fliehen. Doch was
Yara dann sprachlos machte war die Art, wie sich die
Unterweltler mit Lebensmitteln und Energie versorg-
ten. Sie sah die Helligkeit schon von weitem und
dachte erst, sie wären an der Oberfläche. Es gab große
Felder mit Getreide, Obstbäumen und verschiedenen
Gemüsesorten, die alle tief in der Erde versenkt waren und sich somit auf der gleichen Ebene wie die Unterweltstadt befanden. Nach oben hin waren die Felder offen und an den Wänden waren bis nach oben
riesige Spiegel angebracht, um die Felder mit ausreichend Sonnenlicht zu versorgen. Der Himmel war
nur als hellblaues, winziges Loch zu erkennen.

Knapp über den Feldern war ein Gestänge in Quadraten angelegt, aus dem stetig feine Wassertropfen rieselten. Wie hatten die das bauen können? „Sieht man das nicht von oben?" Hatte Yara gefragt. Marlo hatte ihr daraufhin erklärt, dass sie die Ruinen in weitem Kreis um die Felder so manipuliert hatten, dass man einstürzen würde, sobald man sich näherte. So würde sich Niemand so dicht heranwagen, dass man das riesige Loch im Wüstensand bemerken könne. Zudem hatten sie oben eine Vorrichtung zum Verdecken des Lochs. Bei einem Sandsturm oder sonstiger Gefahr konnte es mit einer riesigen Plane in Sandfarbe abgedeckt werden. Diese Anlage war schon viele Generationen alt und es soll eine Jahrzehnte lange Arbeit gewesen sein, die Wände so zu befestigen, dass der lockere Wüstensand nicht dauernd nach rutschte. Um die Felder herum, hatte man Tiergehege errichtet. Dort tummelten sich vor allem Ziegen und Hühner. Yara war so erfreut über die Lichtflut, die hier herrschte, dass sie sich gar nicht davon loslösen konnte. Auch dachte sie daran, dass dies ein möglicher Ausweg sein könnte. Sie müsste nur versuchen, hier irgendwo nach oben zu kommen und dann die brüchigen Ruinen überwinden. Sie nahm an, dass sie vor ihrer Ankunft genau in so einer manipulierten Ruine gelandet war, aber das behielt sie für sich. Marlo führte sie durch die lichtdurchfluteten Felder. Es ging ein Weg mitten durch und überall sah Yara Menschen in den Feldern, die dort arbeiteten und am anderen Ende hörte ihr Erstaunen immer noch nicht auf. Denn auf einem weiteren Feld war kein Getreide oder Gemüse gepflanzt, sondern steckten Kristalle in der Erde. Als Yara genauer hinsah, stellte sie fest, dass im Boden eine Vorrichtung angelegt war, in der die Stäbe mit den Kristallen steckten. Es waren Kristalle in verschiedenen Größen und sogar Farben. „Woher habt ihr all diese Kristalle?" Yara konnte es einfach nicht fassen. Da machten sie so einen Aufriss um ihre zwei Kristalle, die sie bei sich trug, dabei hatten diese Leute hier Unmengen davon. „Wusstest du nicht, dass die Kristalle aus der alten Welt stammen? Und wir leben hier praktisch in der alten Welt. Die Generation, deren Menschen unsere Unterweltstadt errichtet hat, haben sie hier gefunden. Und es werden sogar noch heute Kristalle in den Ruinen gefunden. Wir schicken täglich danach Sucher aus." Das hatte Yara tatsächlich nicht gewusst. Zwar kannte sie die Geschichte, dass die Kristalle aus der alten Welt stammten aber dass immer noch welche gefunden werden konnten, erstaunte sie. „Wir haben bisher nur einen Bruchteil der Ruinen für uns bewohnbar gemacht. Es muss allein hier eine gigantische Stadt gegeben haben." Marlo sah bedrückt zu dem Kristallfeld. „Leider wird unsere Stadt nicht größer werden. Unsere Leute sterben, der Preis ist zu hoch, den wir bezahlen. Sicher ist dir aufgefallen, dass viele von uns krank sind. Es ist der Mangel an Sonne, Luft und Licht." „Warum lebt ihr dann nicht oben? Wie die anderen Menschen in den Gemeinschaften." Fragte Yara immer noch verblüfft. Sie konnte nach wie vor nicht verstehen, wie sich Jemand dazu entschließen konnte, unter der Erde zu leben.

„Wie alt bist du Yara, sechzehn, siebzehn? Du verstehst nicht viel von der Welt, was? Du musstest mit deiner Gemeinschaft bisher nie umherziehen, nach Wasser suchen, alles von vorn beginnen. Die Felder anbauen, die Behausungen aufbauen und einfach alles, was nicht lebenswichtig ist zurücklassen. Wir müssen das niemals, denn wir sitzen hier direkt an der Quelle. Hier unten wird es immer Wasser geben, so tief könnte deine Gemeinschaft nicht mal bohren. Wir müssen nicht alles zurücklassen, um irgendwo neu zu beginnen. Wir haben alles hier. Und das allerwichtigste, Yara, wir haben die Kristalle." Yara war ganz und gar nicht überzeugt von Marlos Worten und sie war verletzt, weil er offenbar dachte, sie verstehe nichts von der Welt. Außerdem war sie neunzehn und Marlo konnte nicht viel älter sein als sie selbst. Und schließlich war sie Diejenige, die ihre Gemeinschaft verlassen hatte. Sie war auch Diejenige, deren Träume von der Welt erzählten. Von einer Welt mit oberirdischen Seen und Flüssen, von der sie genau wusste, dass sie existierte. Was wollte ihr Marlo da von dieser dunklen Unterweltstadt erzählen. Nie und nimmer würde sie hierbleiben wollen. Für keinen Kristall, für keine Wasserader der Welt.

Sie sah mit sehnsüchtigem Blick über das Kristallfeld hinweg als ihr etwas auf der anderen Seite auffiel. Es war ein Schacht aus Glas, der direkt nach oben führte. Das obere Ende des Schachtes konnte Yara nicht erkennen, aber unten war eine feste Tür eingelassen und mit Riegel und Schloss versehen. Neben dem Schacht war ebenfalls eine Tür, fast schon ein Tor mit festen Türen zu erkennen. „Marlo, was ist das dort drüben? Dieser Schacht aus Glas." Yara versuchte ihre Aufregung zu verbergen und ihre Stimme unschuldig klingen zu lassen, ganz die, die nichts von der Welt versteht. Marlo fiel nicht darauf rein. „Das ist nichts, was dich interessieren müsste. Komm, wir gehen jetzt. Ich hab dir genug gezeigt und es gibt bald essen." Der junge Mann drehte sich um, wartete aber diesmal darauf, dass Yara ihm auch folgte.

Ausnahmsweise froh, in ihrem kleinen, dunklen Zimmer allein zu sein, sann Yara darüber nach, was sie heute gesehen hatte. Nach dem Mittagessen hatte sie darum gebeten, sich ausruhen zu dürfen und versichert, dass sie nicht versuchen würde auf eigene Faust herumzuschleichen. Es würde schwierig werden, hier abzuhauen. Den Weg von den Feldern zurück hätte sie niemals allein gefunden, sie hätte sich unvermeidlich verlaufen. Und auch ihre Sachen hatte sie noch nicht wieder. Dazu war immer noch die Frage offen, was diese Leute eigentlich von ihr wollten. Sie hatte doch nichts, was sie ihnen bieten konnte. Selbst ihre Gabe als Wassergängerin war hier nichts wert, da die Unterweltstadt über mehr als genug Wasser verfügte. Marlo hatte ihr erklärt, dass sie sogar Rohrleitungen verlegt hatten, um die Felder zu bewässern und die Werkstätten, die Küchen und Bäder mit Wasser zu versorgen. Die Brunnenanlagen waren direkt neben den Feldern und wurden natürlich mit Kristallenergie betrieben. Sie musste Marlo unbedingt noch einmal dazu bringen, ihr die Felder zu zeigen. Vielleicht konnte sie sich dann den Weg einprägen. Ihre Gabe half ihr wenig dabei, da das

Wasser hier überall präsent war. Sie würde eben erstmal so tun als wäre sie begeistert, hier Gast sein zu dürfen und nebenbei herausfinden, was Miron von ihr wollte. Sicher, es war nicht so einfach das umzusetzen, denn es war nicht gerade Yaras Stärke, sich zu verstellen und Leute auszuhorchen, aber sie musste sich zusammenreißen. In der Unterwelt konnte sie schließlich nicht ewig bleiben, sie gehörte ins Licht. Beim Mittagessen hatte sie versucht ein Gespräch mit ihrer Sitznachbarin anzufangen aber die Frau hatte so einsilbig und angestrengt geantwortet, dass Yara es schließlich hatte bleiben lassen. Miron und seine Frau waren nicht beim Essen dabei gewesen, vielleicht war aber auch Getreidebrei keine entsprechende Mahlzeit für einen Unterweltführer. Yara musste ein wenig grinsen, dann fielen ihr wieder Marlos Worte über die Krankheit der Menschen hier unten ein. Wollten die etwa alle so leben? Sie schienen nicht nur gebrechlich, sondern auch freudlos zu sein. Das machte Yara am meisten Angst. Entweder wurden die Menschen einfach freudlos, weil sie seit wer weiß wie lange in der Dunkelheit lebten oder weil sie hier unfreiwillig festsaßen und nicht wegkonnten. Yara sah letztlich ein, dass es nicht ihre Angelegenheit war, sie selbst jedenfalls wollte hier weg und sie würde alles daransetzen, es zu schaffen.

„Yara, komm mit! Mein Vater möchte, dass ich dir Jemanden vorstelle." Marlo steckte seinen Kopf durch den Eingang. „Ihr habt hier noch mehr Gäste? Ich fass es nicht." War noch Jemand durch die Ruinen gestürzt, überlegte Yara. Das wären ziemlich viele Zufälle. In Yara kam plötzlich Sorge auf, dass es ein

Verfolger aus ihrer Gemeinschaft sein könnte, vielleicht sogar Toma. Dann wäre sie aufgeflogen und man würde sie zurückbringen. „Marlo, was ist das für ein Gast? Wo kommt er her, wie heißt er?" Ihre Stimme zitterte vor Aufregung. „Es ist kein Gast. Wie kommst du darauf? Er gehört zu uns, zur Unterwelt. Xen ist nur nicht immer hier, er ist ein Kristalljäger." Yara atmete erleichtert auf, so dass Marlo ihr einen Seitenblick zuwarf. Er sagte jedoch nichts weiter. „Xen also. Was ist das für ein merkwürdiger Name?" „Das kannst du ihn gleich selbst fragen." Sie gelangten zur großen Halle, in der schon alle beim Abendessen saßen. Yara hatte gar nicht mitbekommen, dass es so spät geworden war. Irgendwie verging ihr die Zeit zu schnell. Wie lange war sie schon hier, zwei Tage? Marlo führte sie wieder zu dem bekannten Tisch und diesmal saßen Miron und seine Frau daran. Neben Yara allerdings saß nicht mehr die Frau von heute Mittag, sondern ein junger Mann in dunkelbraunen Sachen, mit einer Ledertasche am Gürtel. Er sah Yara neugierig an. „Hi, ich bin Xen. Du musst die Geheimnisvolle sein, von der alle hinter vorgehaltener Hand reden." Xen hatte im Gegensatz zu den anderen Unterweltlern ein strahlendes Lächeln, war sonnengebräunt, mit dunklem Haar und dunklen Augen. Yara wusste nicht, was sie sagen sollte. So Jemanden hatte sie definitiv nicht erwartet. Dieser Typ stand in solch krassem Gegensatz zu seinen blassen Mitmenschen, dass es fast schmerzte. Sie starrte ihn immer noch sprachlos an, als Miron das Wort an sie richtete. „Guten Abend Yara, schön dass du dich entschlossen hast, weiterhin unser Gast zu sein." Yara bedachte Miron mit einem bösen Blick. Du weißt genau, dass ich nicht ohne meine Sachen gehen werde. Aber ich werde schon noch hier rauskommen, da kannst du dir sicher sein. Laut sagte Yara allerdings nichts dergleichen. „Xen hat sich ja schon selbst vorgestellt. Er ist einer unser Kristallsucher oder besser gesagt, Kristalljäger wie sie sich selbst nennen. Oder Xen?" „Tja, du weißt doch Miron, Sucher klingt so langweilig." Xen lachte laut und das Geräusch kam Yara so schrecklich fehl am Platze vor, dass sie sogar ein wenig zusammenzuckte. „Und, hast du Kristalle gefunden?" Yara wollte eigentlich nur, dass Xen mit seinem lauten Lachen aufhörte und war erstaunt als mit einem Mal alle in der Halle still wurden. Nicht, dass es vorher besonders laut gewesen wäre, Xens Lachen mal ausgenommen, aber jetzt könnte man eine Nadel fallen hören. Da hatte sie wohl die falsche Frage gestellt. „Yara, solche Fragen werden nicht beim Abendessen erörtert. Wir werden das später besprechen, Xen." Mirons Stimme war laut und beherrscht und Yara konnte sich nun vorstellen, warum hier Niemand sonst laut redete oder gar lachte. Er ließ es einfach nicht zu, Miron wollte nicht, dass die Leute zu viel schwatzten, denn sonst würden sie vielleicht auf die Idee kommen, hier abhauen zu wollen.

Das Gespräch war beendet, Xen warf Yara noch einen unergründlichen Blick zu und begnügte sich dann mit seinem Abendessen. Yara fragte sich, ob er einen Weg hier raus kannte und ob er ihr helfen würde. Aber im Grunde glaubte sie nicht daran. Alle schienen vor Miron Angst zu haben, Xen schien da keine Ausnahme zu sein.

Auf ihrem Zimmer trank Yara fast die ganze Karaffe Wasser leer, um wieder klar im Kopf zu werden und legte sich auf die schmale Liege. Sie hatte vorher Marlo von dem Wasser trinken lassen, um sicher zu gehen, dass sie diese Nacht nicht wieder betäubt würde. Leider war Marlo immer noch nicht bereit, mit ihr darüber zu sprechen, was sie hier verloren hatte. Er hatte sie damit vertröstet, dass sie sich hier ausruhen könne und sie alles weitere mit Miron besprechen müsse. Tja, nur war Miron nach dem Abendessen direkt mit diesem Typen, Xen, verschwunden. Wenigstens hatte Marlo ihr angeboten, sie morgen noch einmal zu den Feldern zu führen. Sie würde versuchen, sich feste Punkte einzuprägen, um den Weg danach alleine zu finden. Schließlich fand sie sich in der Wüste zurecht, da musste es für sie doch möglich sein, sich hier bei allerhand markanten Punkten orientieren zu können. Yara schreckte aus ihren Gedanken hoch, sie hatte ein Geräusch gehört. Keine zwei Sekunden später schlich sich eine dunkle Gestalt in ihr Zimmer. „Scht, ich bin´s, Xen." Xen kam zu ihr und setzte sich neben Yara auf die schmale Liege. Yara rutschte instinktiv ein wenig weg. „Was willst du hier?" Fragte Yara in kühlem Ton. „Das Gleiche wollte ich dich eigentlich fragen. Was willst du hier, Yara?" Nun doch etwas verunsichert, gab sie ihm die gleiche Antwort, wie sie sie zuvor schon Miron und Marlo gegeben hatte. Aber was interessierte Xen das eigentlich? „Wusstest du, dass Miron glaubt, du wärst ein Spitzel aus der Kristallstadt? Er glaubt dir deine Geschichte nicht." Verblüfft sah Yara ihn an. „Hör mal, ich weiß nicht mal, was eine Kristallstadt ist." Xen lachte leise. „Das glaube ich dir. Aber du bist nun mal hier gelandet und nicht in irgendeiner sonnigen Oberweltgemeinschaft. Du hättest dableiben sollen, wo du hergekommen bist. Miron wird dich nicht einfach gehen lassen." Xen war schnell wieder ernst geworden. Das Miron sie nicht gehen lassen würde, hatte Yara auch schon bemerkt. „Warum bist du hier, Xen? Was willst du von mir?" Xen hob fast abwehrend seine Hände. „Ich will nichts von dir, bilde dir nicht soviel ein, nur weil du eine Wassergängerin bist. Vielleicht kann ich dir helfen, das ist alles." Yara sah ihn misstrauisch an. „Warum?" Als Xen diesmal nicht sofort antwortete, schob Yara gleich die nächste, brennende Frage hinterher. „Woher weißt du überhaupt, dass ich eine Wassergängerin bin?" Xen überging die zweite Frage, seine Stimme klang ernst. „Ich weiß wie es ist, hier unten gefangen zu sein, Yara. Ich kam als Baby hierher, niemand konnte oder wollte mir sagen woher. Ich nahm an, dass ich von einer nach Wasser suchenden Gemeinschaft zurückgelassen wurde. Warum weiß ich nicht, aber hier unten habe ich mich nie richtig wohl gefühlt. Dann entdeckte ich die Kristallsuche. Ich kann sie fühlen Yara, die Kristalle rufen nach mir. Je mehr Kristalle ich brachte, desto mehr vertraute Miron mir und ließ mich meiner Wege gehen, solange ich nur die Kristalle brachte." Xen schaute gedankenverloren zu Boden. „Warum bist du denn nicht abgehauen? Hast dir eine andere Gemeinschaft gesucht, oben im Licht?" „Yara, du verstehst nicht. Ich kann nicht anders. Ich brauche die Kristalle so wie du das Wasser brauchst. Das hier ist mein Zuhause, es zieht mich immer wieder hierher zurück." Irgendwie konnte Yara das verstehen aber irgendwie auch nicht. Sie wurde vom Wasser angezogen, deshalb hatte sie ihre Gemeinschaft verlassen. Bei Xen war es in gewisser Weise umgekehrt.

Yara beschloss, ihrem Instinkt folgend, Xen zu vertrauen. Sie spürte, dass er die Wahrheit sagte. Und er litt. Er versuchte es zu überspielen, mit seinem Lachen und seinem selbstbewussten Getue. Aber Yara konnte es sehen. Er war ebenso auf der Suche nach dem richtigen Platz in der Welt wie sie. Er hatte nur noch nicht begriffen, dass er dafür loslassen musste. „Xen, wie komme ich hier raus? Ich muss eine Gemeinschaft finden, deren Wassergänger Avan heißt. Kannst du mir helfen?" „Ich kann dich zur nächsten Gemeinschaft bringen aber deren Wassergänger heißt nicht Avan. Es ist eine Frau. Ich weiß, dass sie erst seit einigen Jahren dort lebt. Vielleicht kann sie dir weiterhelfen." Das war besser als nichts. Sie verabredeten sich für morgen Abend und Yara sollte bis dahin versuchen herauszufinden, wo ihre Sachen lagerten.

Lange konnte Yara nicht einschlafen. Xen hatte ihr versprochen, dass er einen Weg kannte, schneller zu der Gemeinschaft zu gelangen als sie es sich je vorstellen könne. Dabei hatte er gefährlich gegrinst und Yara war ziemlich mulmig zumute geworden. Aber egal, allein würde sie wahrscheinlich Wochen brauchen und so viele Vorräte könnte sie gar nicht einpacken. Sie hoffte, dass diese Wassergängerin ihr weiterhelfen konnte. Sie kannte ja nur den Namen ihres Vaters, den sie von Bent erfahren hatte.

Nach dem Frühstück bat Yara eindringlich um ein Gespräch mit Miron. Als sie in dem kleinen Raum mit dem Tisch und den merkwürdigen Stühlen auf ihn wartete, untersuchte sie die Regale und tatsächlich - ihr Rucksack lag dort mitten drin. Schnell überprüfte sie den Inhalt und stellte fest, dass nichts außer dem Kristallbohrer und der Kristalllampe fehlte. Den Bohrer entdeckte sie etwas weiter links im Regal, wahrscheinlich hatte Miron ihn untersucht. Ein Geräusch ließ sie schnell alles hinlegen und umdrehen. „Ich hoffe, du hast nicht allzu lange gewartet." Miron wies wieder lächelnd auf die Stühle. Yara setzte sich und begann gleich mit ihren zurecht gelegten Worten. „Miron, ich bitte dich nochmal. Gib mir meine Sachen und lass mich gehen. Ich will nichts von euch und ich werde auch Niemandem verraten, dass es euch gibt. Bitte glaub mir, ich gehöre nicht hierher." Sie sah Miron flehentlich an. „Meine liebe Yara, so einfach ist das nicht. Ich will dir mal etwas erklären." Miron schlug einen großväterlichen Ton an. „Du glaubst vielleicht, ich bin ein grausamer Mann. Ich lasse meine Leute hier unter der Erde leben, wo wir doch versuchen könnten oben zu leben, umherzuziehen und so weiter, wie die Gemeinschaften das sonst so tun. Doch das können wir nicht, Yara. Marlo hat dich herumgeführt, er hat die gezeigt, was die Unterweltler alles geschaffen haben. Generation für Generation

haben sie dafür gesorgt, dass wir hier gut leben können. Wir haben alles, was wir brauchen, sogar Pflanzen und Tiere. Ich versuche nur diese Menschen zu
beschützen, sie könnten nicht mehr an der Oberfläche leben, selbst wenn sie es wollten. Sie haben Angst
vor der Sonne. Jeder von ihnen soll sich täglich mindestens zwei Stunden bei den Feldern aufhalten, um
ausreichend Licht zu bekommen. Sie wollen es nicht,
verstehst du?" Nein Yara verstand nicht, sie würden
alle sterben, wenn sie so weiter machten. „Viele Generationen lang haben wir hier unten gut gelebt, doch
seit ungefähr achtzehn Jahren werden keine Kinder
mehr geboren." Jetzt, wo Miron davon sprach wurde
Yara klar, warum es so still und ernst zwischen den
Menschen hier zuging. Es fehlten die Kinder. „Unsere Stadt wird aussterben, es ist nur eine Frage der
Zeit. Doch bis es soweit ist, werde ich alles dafür tun,
dass Niemand kommt und uns unseren Besitz weg-
nimmt." Miron war etwas lauter geworden und Yara
dachte, da war sie wieder - die Gier. Einen Augenblick lang war sie versucht, Miron zu glauben, dass
er nur das Beste für seine Leute will. Aber nein, er
will auf seiner Unterweltstadt sitzen bleiben und mit
ihr unter gehen. Und ihre Bewohner zog er mit in den
Tod. „Es tut mir leid für dich Yara. Egal, aus welchem
Grund du gekommen bist, du kannst hier nicht mehr
weg. Zu groß ist die Gefahr, dass du anderen von uns
erzählst und sie uns suchen würden. Das musst du
verstehen." Yara nahm Mirons Erklärung relativ gelassen hin. Sie hatte gewusst, dass er ihrer Bitte nicht
nachgeben würde. Aber sie würde so oder so ab-

hauen und jetzt wusste sie wenigstens, wo ihre Sachen waren. Nur um die Menschen hier tat es ihr leid. „Ich weiß, dass du eine Wassergängerin bist, doch diese Gabe ist hier nicht von Nutzen, wie du sicherlich bemerkt hast. Wir werden eine andere Aufgabe für dich finden. Und selbstverständlich kannst du dich in deiner freien Zeit soviel bei den Feldern aufhalten, wie du willst." Na, sehr beruhigend, dachte Yara. „Woher weißt du, dass ich eine Wassergängerin bin. Ich habe es nie erwähnt." Miron deutete auf ihr verdecktes Dekolleté, darunter sah man den Abdruck eines Anhängers. „Du trägst das Zeichen der Wassergänger." Innerlich fasste sich Yara an den Kopf, da hätte sie auch selbst draufkommen können. Sie hatte das kleine Amulett fast vergessen, dass sie von Bent beziehungsweise Palo geschenkt bekommen hatte. Er hatte sie gewarnt, dass sie es verdeckt tragen solle. Doch was nützte es ihr, wenn man sie niederschlug und all ihre Sachen, einschließlich ihren Körper untersuchte.

Später zeigte ihr Marlo noch einmal die Felder. Obwohl Yara heute Abend mit Xen verabredet war versuchte sie, sich den Weg einzuprägen. Und Marlo noch ein wenig auszufragen konnte auch nicht schaden. „Bist du eigentlich auch ein Kristalljäger, Marlo?" „Nein, bin ich nicht. Meine Aufgabe ist es nicht, herumzustromern und die Stadt sich selbst zu überlassen." Die Antwort kam schärfer als Yara erwartet hatte. „Das klingt als würdest du sie nicht besonders mögen. Ich habe ja bisher nur Xen kennen gelernt." „Ich würde fast behaupten, das reicht aus, aber sicher lernst du noch den einen oder anderen kennen. Wir haben drei Kristallsucher. Xen ist natürlich der Beste, aber das hat er dir sicher erzählt." „Nein, eigentlich nicht. Warum kannst du ihn nicht leiden, er scheint nett zu sein." Yara versuchte es wieder mit ihrer Unschuldsstimme, aber auch diesmal schien Marlo nicht darauf reinzufallen. Vielmehr schien er in Gedanken versunken. „Er gehört hier einfach nicht her. Er war nie einer von uns. Aber mein Vater tut tatsächlich fast so als wäre auch er sein Sohn." Aha, daher wehte der Wind. Marlo schien eifersüchtig auf Xen zu sein. Yara fragte Marlo noch, wo Xen herkam, aber er wechselte abrupt das Thema. „Was hast du gemacht, bevor du hierherkamst? Hattest du eine Aufgabe in deiner Gemeinschaft oder hast du dort auch nur die Leute ausgefragt?" Bei Yara blies gedanklich ein Sturmhorn Alarm. Marlo wusste eindeutig viel mehr über sie als er zugab. Sie hatte mit keinem darüber gesprochen, dass sie von ihrer Gemeinschaft geflohen war. Irgendetwas stimmte mit diesem Ort ganz und gar nicht. Einerseits soll diese Stadt dem Tode geweiht sein aber andererseits schienen sich die Leute zu sehr für die Wüstenwelt zu interessieren. Xen hatte sogar eine Kristallstadt erwähnt und er wusste, wie man die nächstgelegene Gemeinschaft schnell erreichen konnte. Was verheimlichten die hier? Yara blieb ihm jedenfalls die Antwort schuldig, denn sie erreichten einen langen Raum, der nur spärlich mit wenigen Kristalllampen beleuchtet war.

„Was ist das?" Yara schlang die Arme um sich, sie begann plötzlich zu frösteln. Marlo ging einfach voraus und sah ziemlich unheimlich aus, denn mit seiner schwarzen Kutte verschmolz er fast mit der Umgebung und nur seine blassen Augen stachen hervor. „Das ist die Halle der Toten." Seine Worte hallten von den Wänden wider, die über und über mit Regalen vollgestellt waren, in denen sich gläserne Urnen befanden. Yara versuchte das Ende des Ganges oder besser der Halle auszumachen, doch sie konnte nichts erkennen, was auf eine Begrenzung des Raums schließen ließ. „Warum zeigst du mir das?" Sie sprach flüsternd, aus Furcht, die Toten könnten aus ihren Glasgefäßen springen. „Ich will dir nur klar machen, was wir alles haben, Yara. Wir haben auch unsere Toten, siehst du?" Er wies mit ausgestrecktem Arm auf die unbestimmte Weite der Halle. „Wir müssen sie nicht im Wüstensand zurücklassen, wie die anderen Gemeinschaften." War er jetzt verrückt geworden, fragte sich Yara ernsthaft. „Das, das ist ... ich weiß nicht, was ich sagen soll Marlo." „Ja, nicht wahr. Es ist wundervoll." Er ging zu einem Gefäß, in der Nähe des Eingangs, küsste seinen Zeigefinger und legte ihn dann an die gläserne Urne. „Wessen Asche ist das?" Yara versuchte den eingravierten Namen zu lesen, aber es war zu dunkel. „Das ist meine Mutter." sagte er leise. „Sie ist vor vier Jahren gestorben, sie nahm sich das Leben." „Das tut mir leid Marlo." Yara empfand ehrliches Mitgefühl mit ihm. Es musste ein schwerer Schlag für ihn gewesen sein. Sie hatte sich schon gefragt, woher er diese wässrig blauen Augen hatte. Miron und seine Frau waren beide dunkeläugig. „Entschuldige Marlo aber können wir jetzt gehen?" Dieser Ort war einfach zu unheimlich. In ihrer alten Gemeinschaft wurden die Toten zwar ebenfalls verbrannt, doch man überließ es den Familien, ob sie die Asche behalten wollten. Bent war mit Yara damals in die Wüste hinaus gegangen und hatte mit ihr gemeinsam die Asche ihrer Mutter im Wind verstreut. Das hätte sie gewollt, da war sich Yara sicher. Es war schließlich nur Asche. Das was wirklich von einem Menschen blieb, konnte man nicht in ein Gefäß füllen. Es waren Erinnerungen, Gefühle, Dinge, die man geteilt hatte. Diese Halle hier verursachte nur Schmerz, das sah Yara an Marlo. Dieser machte keine Anstalten, die Halle zu verlassen also zog Yara ihn von dem Regal weg, in Richtung Ausgang. Wie aus einem Traum erwachend, wiederholte Marlo noch einmal „Wir haben unsere Toten."

Yara hatte definitiv genug. Die waren doch alle verrückt, nichts wie weg hier. Hoffentlich hielt Xen Wort und würde ihr helfen, hier heraus zu kommen.

Beim Abendessen hatte sie nicht mehr versucht, mit Irgendwem zu sprechen, auch Xen hatte sie nicht angeblickt. Marlo war erst gar nicht erschienen und Miron und seine Frau schienen tatsächlich zu glauben, Yara habe sich damit abgefunden, hier zu bleiben.

Sie musste ziemlich lange auf Xen warten. Sie hatten ja keine Zeit ausgemacht, aber es kam ihr wie eine Ewigkeit vor. Nicht, dass sie hier die Zeit irgendwie messen konnte. Sie sah keine Sonne, keinen Mond, keine Sterne, nur Kristalllampen überall. Als Xen schließlich kam, war Yara fast eingeschlafen, doch sofort wieder hellwach als sie seine leise Stimme hörte. „Yara komm, es geht los." In dem schwachen Kristalllicht sah sein Gesicht angespannt aus. Nichts war von der fröhlichen Lockerheit zu bemerken. Yara hoffte, er hatte einen guten Plan. Sie wollte ungern in der Halle der Toten als Glastrophäe enden. „Xen, was ist mit meinen Sachen. Wir müssen sie aus Mirons Zimmer holen." „Schon gut Yara, ich habe alles geplant. Wenn wir uns beeilen, dürften wir Niemandem begegnen. Die Kristallsucher sind außer mir alle weg und bewacht werden nur die Felder." Er lief mit ihr schnell und leise durch die Gänge. Yara musste einsehen, dass sie das Niemals alleine geschafft hätte. Sie hätte sich hoffnungslos verlaufen. Xen blieb plötzlich stehen, sodass Yara fast gegen ihn gelaufen wäre. „Dort vorne links sind Mirons Kammern. Er wird sich wahrscheinlich hinten aufhalten, sodass du vorn deine Sachen holen kannst." Xen flüsterte und blickte sich nervös um. „Xen, warum kommst du nicht mit?" flüsterte Yara zurück. „Es ist eine Sackgasse, wir müssen hier wieder zurück. Ich bleibe hier und halte Wache. Wenn etwas ist, wirst du mich hören und versteckst dich schnell." Das war also sein Plan? Yara war ganz und gar nicht begeistert, aber ihr blieb jetzt keine Wahl, sie musste ihm vertrauen. Sie sah ihm einmal kurz in die Augen als könne sie die Wahrheit darin erkennen, drehte sich um und lief los. „Beeil dich!" rief Xen ihr hinterher. Das brauchte er ihr nicht zu sagen. Glücklicherweise war Yara heute morgen hier gewesen und hatte ihren Rucksack im Regal liegen sehen. Vorsichtig bewegte sie den Stoff vor dem

Eingang, schaute hinein und verschwand dann ganz im Zimmer. Erschrocken blickte sie sich zum Eingang um als sie Stimmen hörte. Yaras Herz schlug so laut, dass sie fast Angst hatte, es wäre überall zu hören. Die Stimmen kamen allerdings nicht vom Eingang, sondern von den hinteren Räumen. Sie erkannte Mirons Stimme. Yara versuchte, etwas zu verstehen. Die zweite Stimme gehörte Marlo. Was machte der hier? Marlo hatte eigene Räume. Sie musste sich also wirklich beeilen, bevor Marlo und sein Vater ihr Gespräch beendeten. Die Stimmen wurden lauter, sie stritten. Yara lief zu dem Regal, fand ihren Rucksack und auch den Kristallbohrer dort vor, wo sie heute morgen gelegen haben und huschte lautlos aus dem Zimmer. Xen stand tatsächlich noch an derselben Stelle und schaute sie prüfend an. „Was ist los, Yara? Was ist passiert?" „Wir müssen hier schnell weg. Marlo ist bei seinem Vater, sie streiten und ich fürchte, er wird gleich die Räume verlassen. Meine Sachen hab ich aber." Xen zog Yara mit sich und sie rannten bis Xen wieder stehen blieb. Yara erkannte, dass sie an den Feldern waren. Wie hatte Xen vor, hier raus zu kommen?

„Yara, du musst mir jetzt vertrauen. Die Wachen kennen mich natürlich. Ich werde mit ihnen sprechen und sagen, dass etwas mit den Tieren nicht in Ordnung ist. Sobald sie gegangen sind, kommst du nach. Weiter hinten sind nochmal zwei Leute, denen werde ich das Gleiche sagen und du kommst wieder nach. Wir gehen durch die große Tür beim Kristallfeld, klar?" Schon im Gehen rief er noch: „Pass auf, dass dich Niemand sieht!" Yara sah zu, wie er etwas aus seiner Gürteltasche holte und es in die Tiergehege warf, dann verschwand er aus Yaras Sichtfeld. Kurz darauf kamen die zwei Wachposten direkt auf Yara zu, die sich schnell hinter einem Birnbaum versteckte. Weiter vorn hörte sie rechts im Tiergehege die Ziegen wild meckern und daraufhin die Hühner laut gackern. Ein wildes Gezeter von Tierstimmen war zu hören und Yara rannte los als sie sah, dass die Wachen ihren Kurs änderten und darauf zugingen. Sie konnte sich gerade noch rechtzeitig stoppen und mit einem Sprung ins Feld retten als die nächsten zwei Wachen auf sie zuhielten. Die rannten jedoch, ohne sie zu bemerken, auf das Gezeter zu. Yara rannte wieder los, sah schon das Kristallfeld, welches jetzt in der Dunkelheit lag und nur schwach von den Kristalllampen an den Wänden beleuchtet wurde. Sie sah die große Tür aufschwingen und Xen, der ihr zuwinkte. Yara kam schwer atmend bei ihm an und er schloss sofort die Tür hinter ihr. Dunkelheit umfing sie und Yara dachte kurz, es sei eine Falle. „Scht, schon gut Yara. Du hast es geschafft." flüsterte Xen in die Dunkelheit. Sie hörte ein Rascheln und sah kurz darauf Xen mit einer kleinen Kristalllampe. „Ich kann die Wandlampen nicht einschalten, dass würde zu viel Aufmerksamkeit erregen." „Was ist das hier?" Yara sah sich in dem Halbdunkel um. Es war wieder eine Art Halle, in der sie sich befanden. Doch hier standen weder Tische noch Stühle, sondern mehrere seltsame, hüfthohe und längliche Gegenstände, auf die man sich wohl raufsetzen konnte. Sie waren aus einem glatten Metall und als Yara näher an eines heran ging, sah sie zwei hintereinander liegende Sitze oben drauf. Vor dem ersten Sitz waren an den Seiten Griffe, offenbar zum Lenken, angebracht. Xen zog sie von dem Ding weg, zu einem anderen. „Wir benutzen das hier." Er drückte auf einen Knopf, den Yara nicht gesehen hatte und plötzlich leuchtete eine Art Display mit allerhand Informationen zwischen den Lenkgriffen auf. „Wofür benutzen wir das, Xen?" Yaras Stimme nahm einen schrillen Ton an, sie hatte eine vage Vermutung, wozu dieses Ding gebaut worden war. „Sei leise, Yara! Sag bloß, du hast noch nie ein Plot gesehen? Hast du eigentlich in einer Blase gelebt?" Er stieß sich vom Boden ab und schwang sich kraftvoll auf das Ding, saß nun in dem vorderen Sitz und bedeutete Yara, hinten aufzusteigen. Worauf hatte sie sich da nur eingelassen? Etwas ungeschickt kletterte sie hinauf, ließ sich hinter Xen in den Sitz fallen. „Halt dich an mir fest, jetzt!" Xen drückte einen weiteren Knopf und Yara konnte gerade noch Xens Aufforderung folgen, sich an ihm festzuhalten, als das Plot zu schweben anfing. Yara unterdrückte einen Aufschrei. Und damit sollten sie durch die Wüste schweben, na großartig. Sie unterdrückte einen weiteren Aufschrei als Xen ein paar Tasten auf dem Display aktivierte und das Ding nach vorne schoss, durch einen kleinen Tunnel schwebte und dann in die Höhe stieg. Jetzt erkannte Yara, wo sie sich befanden. Sie flogen in dem Glasschacht nach oben, den sie vom Kristallfeld aus gesehen hatte. Sie krallte sich noch fester um Xens Taille und hoffte, dass alles gut ausgehen würde.

IV. VERRAT

∞

Xen war mit Yara eine ganze Weile durch die nachtschwarze Wüste geflogen. Links von ihnen rötete sich nun bereits der Horizont in Erwartung des kommenden Tages, auf der rechten Seite lag die Wüste noch in der Dunkelheit. Es war als wäre die Welt in hell und dunkel getrennt, dachte Yara, und sie würden durch eine Zwischenwelt reisen. Was lag noch vor ihnen? Yara war zugleich ängstlich und gespannt. Xen hielt bei einer kleinen Felsgruppe an. „Hier können wir erstmal rasten." Er hatte das Plot geschickt zwischen die Felsen manövriert, sodass sie vor Blicken geschützt waren. Yara hatte sich mittlerweile zusammengereimt, dass es viel mehr Menschen als die Unterweltler geben musste, die durch die Wüste reisten. Sie hatte wohl wirklich in einer Blase gelebt. Sie überlegte, ob Jemand aus ihrer Gemeinschaft davon gewusst hatte. Sie hatte jedenfalls nie Fremde in der Gemeinschaft bemerkt oder Gerüchte gehört. Es war egal, sie war jetzt selbst in der Welt unterwegs und würde herausfinden, was diese ihr zu bieten hatte. Kurz flammten in Yaras Gedanken Bilder aus dem Lehrzelt auf, wie die Menschen der alten Welt ihren Lebensraum zunichte gemacht hatten. Nein, sie würde nicht sehen, was diese Welt ihr zu bieten hatte, sondern sie würde nach ihrer Oase suchen und diese mit allem was sie hatte beschützen.

„Hier, iss etwas!" Xen reichte Yara etwas Brot, welches sie gedankenverloren nahm, aber nicht aß. Sie hatten es sich im Schatten eines kleineren Felsens halbwegs gemütlich gemacht. Xen meinte, dass Plot müsse laden und es wäre sowieso besser, wenn sie nachts erst weiterreisten. Morgen früh würden sie dann die Gemeinschaft erreichen. Yara zwang ihre Gedanken wieder in das Hier und Jetzt zurück. „Was hast du eigentlich den Tieren gegeben, dass sie so durchgedreht sind?" Xen lachte. „Es war nur Schakalfell, nichts weiter." Auch Yara musste grinsen. Das war ein ziemlich guter Zug von ihm gewesen. Unwillkürlich fragte sich Yara, ob er das schon vorher ausprobiert hatte. Hatte er sich vielleicht als Kind das ein oder andere Mal mit einem Plot davongestohlen? Sie konnte es sich gut vorstellen.

Xen war zum Plot hinüber gegangen und Yara folgte ihm neugierig. „Wie lädt das Ding eigentlich? Ich kann da nicht mal Kristalle erkennen." Xen zeigte ihr den hinteren Teil des Plots, er war vollständig aus verdunkeltem Glas und als er eine Taste am Display bediente, schwang das Glas nach oben. Yara staunte als sie den riesigen Kristall erblickte, der diesen Teil des Plots ausfüllte. „Durch die Glasabdeckung lädt es auch beim Fahren aber wenn hinten Jemand sitzt, kommt nicht genug Sonnenlicht rein und es lädt viel langsamer." Yara hörte ein wenig Stolz in Xens Stimme und verkniff sich ein Lächeln. „Wo habt ihr die Dinger her? Gibt es die auch woanders?" Xen strich gedankenverloren über das Glas. „Es ist Technik aus der alten Welt, mit unserer kombiniert. Wenn du je in die Kristallstadt kommst, wirst du staunen, was die alles haben." Schon wieder diese Kristallstadt, dachte Yara. „Komm, lass uns wieder setzen und du erzählst mir etwas über die Kristallstadt." Yara gähnte nach dem letzten Wort ausgiebig. „Ich glaube kaum, dass du noch viel hören willst." meinte Xen lachend. Er hatte recht, als sie sich setzten, hatte Yara ihre Decke ausgebreitet und war wenig später eingeschlafen.

Yara erwachte als sie sanft geschüttelt wurde. „Wach auf Yara!" raunte ihr Xen ins Ohr. Sofort war Yara wach und schubste ihn erschrocken weg. „Hey, was soll das?" Sie blickte Xen wütend an. Er lachte nur und deutete auf ein kleines Feuer, dass ein Stück entfernt brannte. „Ich hab uns etwas zu Essen gemacht, bevor wir weiter müssen. Dachte, du hast vielleicht Hunger, wenn du aus deinem Tiefschlaf erwachst." „Oh." war alles, was Yara einfiel. Aber ihr Schrecken hatte sich gelegt und tatsächlich meldete sich ihr Magen mal wieder laut knurrend. „Sag mal, meinst du, du könntest hier in der Nähe Wasser finden? Ich hab das meiste fürs Essen verbraucht." Yara blickte Xen ungläubig an. „Vielleicht hättest du mich das fragen sollen, bevor du unsere Wasservorräte verbrauchst." Sie war schließlich kein Brunnen, was dachte er sich eigentlich? In Yara keimte schon wieder Groll auf, aber sie schloss dennoch die Augen und suchte mit ihrem Geist nach Wasser. Als sie eine Ader fand, legte sich ihr Groll sofort und sie fühlte sich stark und leicht. Sie holte den Kristallbohrer aus dem Rucksack und ging ein paar Schritte, hinüber zu der Stelle, wo sie das Wasser gefühlt hatte. Xen beobachtete schweigend, wie sie den Bohrer in die Erde trieb, ihn aktivierte und schließlich ein dünnes Rinnsal an Wasser förderte. „Unglaublich!" Xen kam mit den Trinkflaschen herüber und reichte sie Yara. „Nicht unglaublicher als dein Schwebfahrzeug, ich meine dieses Plotdings." bemerkte Yara. „Und ich meine nicht den Bohrer, Yara." „Was…" Sie brachte den Satz nicht zu Ende als sie Xens Blick sah, der sie mit seinen dunklen Augen fixierte. Yara bekam eine Gänsehaut und brach den Bann, in dem sie sich abwandte und schnell den Bohrer zusammenpackte. „Ich hab Hunger, was gibt's zu essen?" fragte sie ein wenig zu laut. Xen ging ohne ein Wort zum Feuer zurück, Yara folgte ihm verwirrt. Was sollte das eben? Yara verstand es nicht, zum Glück hatte sie Wasser gefunden und klärte in Gedanken wieder ihren Geist, indem sie sich auf das dunkle Glitzern fokussierte.

Es war fast dunkel geworden, die Sonne hatte sich in ihrem wundervoll rot-orangenen Abendkleid verabschiedet und der Nacht die Wüste überlassen. Xen hatte bereits eine Kristalllampe in den Sand gesteckt und Yara dachte mit Bedauern daran, dass ihre Lampe ja immer noch irgendwo in der Unterwelt lag. Wenigstens hatte sie den Bohrer mitnehmen können.

Beim Essen war nichts mehr von Xens merkwürdigem Gehabe zu spüren, er benahm sich wie immer - eine Spur zu fröhlich. Sie sprachen darüber, wie Yara am besten in die Gemeinschaft gelangen konnte oder wie sie wenigstens an die Informationen kam, die sie brauchte. Xen bot ihr an, zuerst allein hinein zu gehen und mit Toja, der Wassergängerin zu sprechen. Yara hoffte, sie würde ihr wie Palo wohl gesonnen sein und weiterhelfen. Xen sagte, es gebe eine kleine Felsgruppe in der Nähe der Gemeinschaft, die man als Treffpunkt nutzen könne. Er werde versuchen, Toja zu überreden, sich mit Yara dort draußen zu treffen. Dann müsste sie sich nicht in die Gefahr begeben, die Gemeinschaft überhaupt erst zu betreten.

Sie packten nach dem Essen schweigend alles zusammen und da Xen sonst immer irgendetwas zu erzählen hatte, fragte sich Yara ob er etwas verschwieg. „Xen, was ist eigentlich los?" Er sah sie fragend an, zuckte dann mit den Schultern. „Es ist nichts. Lass uns losfahren, wir wollen schließlich im Morgengrauen schon ankommen."

Diesmal konnte Yara die Fahrt mit dem Plot genießen. Xen raste mit ihr knapp einen Meter über dem Wüstenboden dahin und Yara freute sich über den Fahrtwind, der ihr Gesicht kühlte und ihr Haar wehen ließ. Sie hielten lange nicht an, Yara konnte es kaum noch auf dem schmalen Sitz aushalten als das Plot langsamer wurde. Vor ihnen war eine kleine Felsgruppe zu sehen und als sie die Felsen erreichten, hielt Xen das Plot an und ließ es zum Absteigen auf den Boden nieder. Yara ließ sich vom Sitz gleiten und streckte sich. „Wo sind wir? Ist es noch weit?" Xen hatte etwas ins Display des Plots eingegeben und drehte sich zu Yara um. „Komm, ich zeig es dir." Er nahm sie wie selbstverständlich bei der Hand und führte sie auf die andere Seite der Felsgruppe. „Sieh, da hinten!" In einiger Entfernung konnte Yara schwach den Wall erkennen, der die Gemeinschaft umschloss. „Es dauert nicht mehr lange bis es hell wird. Dann werd ich mich sofort auf den Weg machen. Du wirst hier warten bis Toja zu dir kommt." „Xen bitte, was verschweigst du mir?" flüsterte Yara zurück, die an seiner Stimme bemerkt hatte, dass etwas ganz und gar nicht in Ordnung war. Sie sah ihm in die Augen. „Hast du Angst, dass Toja nicht kommt?" „Nein Yara, das ist es nicht." Xen hielt ihrem Blick nicht stand und sah zu Boden. „Ich werde nicht hierher zurückkommen." „Wie meinst du das?" fragte Yara jetzt laut, das Offensichtliche nicht begreifen wollend. „Es tut mir leid, Yara. Aber ich muss zur Unterwelt zurück. Ich werde Toja bitten, dich hier aufzusuchen und dann sofort zurück in die Unterweltstadt fahren." Xen blickte Yara traurig an. „Du lässt mich hier alleine warten? Was wenn sie nicht kommt?" Yaras Gedanken überschlugen sich. Sie hatte wie selbstverständlich angenommen, dass Xen sie weiter begleiten würde. Und so anders er auch war, sie mochte ihn. Das merkte sie jetzt deutlich. Sie wollte nicht, dass er ging. Sie wollte nicht mehr allein sein. Plötzlich fiel ihr die Tragweite seiner Entscheidung auf, die nicht nur Yara betraf. „Xen, du hast mir zur Flucht verholfen. Du kannst nicht zurück. Was wird Miron mit dir anstellen? Bitte, tu das nicht!" Ihre Stimme klang aufgebracht und überdreht. Xen fasste Yara sachte an die Schulter. „Mir wird nichts geschehen Yara. Ich werde schon mit Miron klarkommen.

Erinnere dich, ich habe es dir schon einmal gesagt. Du wirst vom Wasser angezogen und ich von den Kristallen. Ich muss zurück." Yara wollte ihn noch nicht aufgeben, sie konnte es einfach nicht. „Und was ist mit der Kristallstadt? Dem Namen nach gibt es dort massenhaft Kristalle. Wieso kannst du nicht dorthin gehen?" Und mich begleiten, fügte Yara in Gedanken hinzu. „Hör auf Yara! Wir hatten einen Deal und der bezog sich nur darauf, dich zu dieser Gemeinschaft zu bringen. Indem ich reingehe und Toja für dich aufsuche, tue ich schon mehr als wir in der Unterwelt abgesprochen hatten." Yara sah Xen ungläubig in die Augen, suchte nach dem Vertrauen, dass sie ihm geschenkt hatte. Doch Xens Blick blieb diesmal hart und schließlich stieß sie seine Hand von ihrer Schulter und suchte Abstand. Wahrscheinlich hatte er alles so geplant, er hatte nie vorgehabt sie zu begleiten. Und dumm wie sie war, hatte sie es einfach angenommen. Yara schüttelte energisch den Kopf, sie war kein dummes Mädchen, das in einer Blase aufgewachsen war, wie Xen es einmal formuliert hatte. Sie war Yara die Wassergängerin, die ihren eigenen Weg ging - beziehungsweise den des Wassers. Und sie würde ihren Weg mit oder ohne ihn gehen. Sollte er doch bei seinen dämlichen Kristallen bleiben. Etwas gefasster ging Yara zurück zu Xen, der sich nicht vom Fleck gerührt hatte und den Wall in der Ferne beobachtete. „Wann wirst du aufbrechen?" fragte Yara kühl. Xen blickte sie an und einen Moment war Yara unsicher, ob sie Traurigkeit in seinem Blick sah. Der Moment verflog schnell und Xen sagte mit ungewohnter Härte, dass er sofort aufbrechen wolle. Erst jetzt bemerkte Yara, dass der Morgen schon längst angebrochen war. Xen ging hinüber zu seinem Plot, warf Yara ihren Rucksack zu und fügte etwas sanfter hinzu: „Wenn Toja sich heute nicht blicken lässt, gehst du immer weiter nach Süden, zur Kristallstadt. Der Weg ist weit, aber du wirst es schaffen. Ich wünsch dir viel Glück, Yara." Er saß schon auf dem Plot, ließ es abheben und weg war er. „Ich dir auch." rief ihm Yara hinterher, aber das konnte Xen schon nicht mehr hören.

Yara fühlte sich plötzlich derart erschöpft, dass sie sich erstmal hinsetzte. Sie holte die Decke aus ihrem Rucksack, hüllte sich darin ein und überlegte, ob sie einen Augenblick nur die Augen schließen konnte. Toja würde schließlich nicht sofort aufbrechen und selbst wenn, würde es eine Weile dauern, bis sie Yara bei den Felsen erreicht hatte. Schließlich half schlafen auch gegen unnütze Grübeleien und vielleicht würde sie sich nach einem Nickerchen nicht mehr so leer und allein fühlen.

Von ihrem eigenen Schrei erschrocken, wachte Yara auf. Sie hatte geträumt. Sie raste mit einem Plot durch die Ruinen der Unterwelt und verfehlte nur knapp die fluoreszierenden Wände, bis vor ihr eine Schuttmauer auftauchte, ein Aufprall unvermeidlich. Dieser blieb ihr allerdings erspart, da sie aufwachte. Desorientiert sah sie sich um und die Wirklichkeit kroch langsam in ihren Geist. Xen, dachte Yara frustriert. Er hatte sie wirklich allein gelassen. Mit der

Wirklichkeit kehrte auch ihre Entschlusskraft zurück. Sie schüttelte die letzten Reste des Traums ab und überlegte, ob sie irgendetwas anderes tun konnte als zu warten. Was würde sie tun, wenn Toja ihr nicht weiterhelfen konnte? Xen hatte gesagt, sie solle die Kristallstadt finden. Das würde sie wohl auch versuchen obwohl ihr ein wenig davor graute in eine Stadt mit so vielen Menschen zu gehen. Vielleicht gab es dort auch Wassergänger und sie konnte versuchen, von denen Hilfe zu bekommen. Irgendwer musste ihren Vater doch gesehen oder gekannt haben. War er auch auf der Suche nach dem oberirdischen Wasser, nach der Oase, die Yara in ihren Träumen sah? Ein Geräusch schreckte sie aus ihren Gedanken. Schnell nahm sie ihren Rucksack und die Decke an sich und versteckte sich hinter einem großen Stein.

„Yara? Bist du hier?" rief eine Frauenstimme zwischen den Felsen. Dann trat sie hervor und Yara konnte eine schmale Gestalt in einem sandfarbenen Umhang erkennen. „Ich bin Toja. Xen hat mir deine Nachricht überbracht." Yara kam hinter ihrem steinigen Versteck hervor und ging auf die Frau zu. „Hi, ich bin Yara. Bist du allein?" Die Frau sah Yara mit einem unruhigen Blick an, Yara wurde sofort misstrauisch. „Es tut mir wirklich leid!" flüsterte Toja. Von allen Seiten waren plötzlich Gestalten erschienen, die ebenso wie Toja in sandfarbene Umhänge gehüllt waren. „Du musst mit uns kommen." Tojas Stimme war nun lauter und fest. „Toja, was soll das? Wo ist Xen? Was hat er dir gesagt?" Yara war aufgebracht und ging in Gedanken ihre Fluchtmöglichkeiten durch. Das konnte doch nicht wahr sein. Hatte

Xen sie etwa verraten? Die Gestalten kamen näher und Yara erkannte, dass es sich um Männer handelte. Jäger wahrscheinlich, die meisten waren mit Pfeil und Bogen ausgestattet. Yara sah keine Möglichkeit im Augenblick zu entkommen, sie konnte unmöglich einfach in die Wüste rennen. „Bitte Yara, komm jetzt mit uns. Du hast keine andere Wahl." Rechts von ihr näherte sich ein Mann mit einem Strick in den Händen. Yara hob abwehrend die Hände. „Okay, schon gut. Ich komme mit. Kannst du mir erklären, was eigentlich los ist? Und wo ist Xen?" „Xen hat uns bereits verlassen. Komm!" Toja drehte sich zum Gehen um, Yara folgte ihr wiederwillig, den Mann mit dem Strick nicht aus den Augen lassend. „Toja, was willst du von mir?" versuchte Yara es wieder. „Es wird sich alles finden. Sei jetzt still, Yara!" Nach dieser kryptischen Antwort schwieg Toja und Yara tat es ihr gleich. Es schien keinen Sinn zu haben, weiter zu versuchen, etwas aus ihr heraus zu bekommen. Innerlich kochte Yara allerdings vor Wut. Vor Wut auf Xen. Sie hatte ihm vertraut und er hatte sie verraten. Warum? Was hatte er davon? Vielleicht hat er einen von seinen Deals - wie er es nannte - mit Toja abgeschlossen. Aber was wollten sie mit ihr - Yara? Und was hatte Xen dafür bekommen? Sie hätte misstrauisch werden sollen als er sagte, er könne so ohne weiteres in die Unterwelt zurückkehren. Ihm werde schon nichts geschehen. Ja warum auch, wenn Miron wahrscheinlich Bescheid wusste und sie gehen ließ. Aber warum dann diese Ablenkung der Wachen an den Feldern? Yara gab sich die Antwort gleich selbst. Damit es echt aussah und sie keinen Verdacht schöpfte. „Verdammter Mistkerl." Die letzten Worte waren Yara laut herausgerutscht und brachten ihr einen fragenden Blick von Toja ein. Yara presste ihre Lippen zusammen, damit nicht noch mehr herauskam. Toja blieb weiter stumm und so liefen sie durch die heiße Wüste.

Als sie den Wall erreichten, hatte die Sonne den Zenit bereits überschritten und Yara war außerordentlich hungrig und durstig.

Man führte sie quer über einen mit leeren Tischen und Bänken vollgestellten, großen Platz, direkt in ein kleines Zelt mit Schlafliege, Stuhl und Waschtisch. Es sah fast so aus wie das Zelt, dass sie sich in ihrer alten Gemeinschaft mit Bent geteilt hatte.

Toja hatte sie nach Betreten der Gemeinschaft verlassen, doch die Männer waren geblieben und als Yara den Kopf aus dem Zelteingang steckte, standen vor ihrem Zelt zwei der Männer als Wachen. War sie jetzt hier gefangen? Dann war sie wohl vom Topf in die Pfanne gehüpft, na super. Na ja, es war doch besser als in der Unterwelt festzusitzen. Sie würde einfach sehen, was diese Menschen von ihr wollten. Vielleicht war alles nur ein Missverständnis und sie würde hier schnell wieder gehen können. Der Zelteingang öffnete sich und Toja kam mit einem Tablett herein. „Du musst hungrig sein. Hier sind etwas Wasser, Brot und Käse für dich." Sie stellte das Tablett auf den Stuhl, ging aber nicht wieder hinaus, sondern setzte sich auf die Liege. Yara kam zu ihr und setzte sich neben Toja. „Hör zu Toja, das muss alles ein Missverständnis sein. Ich habe nichts für euch. Lasst mich wieder gehen. Vielleicht hat Xen es dir nicht erzählt, aber ich bin nur auf der Suche nach einem Wassergänger, Avan ist sein Name." Toja sah Yara kühl an. „Ich weiß, Xen hat es erzählt. Doch du wirst ihn nicht finden. Avan ist nicht hier und du wirst diese Gemeinschaft nicht mehr verlassen." Die letzten Worte waren noch nicht in Yaras Geist gedrungen als sie Toja aufgeregt fragte: „Kanntest du Avan etwa? Er war hier, nicht wahr? Warum ist er fort gegangen?" „Du hast es nicht begriffen, oder? Deine Fragen sind völlig unerheblich. Du wirst hier nicht mehr wegkommen, Yara. Dein Platz ist jetzt hier in dieser Gemeinschaft unter dem oberen Verwalter Ilias." Yara blickte Toja fassungslos an. Die Fragen um ihren Vater waren einen Augenblick vergessen. „Warum?" fragte sie nur leise. „Ich nehme an, du weißt, wie Wassergänger behandelt werden. Sie haben kaum eigene Rechte, ihr ganzes Leben wird vorausgeplant, damit sie ja schön lange für Wasser in der Gemeinschaft sorgen können." Toja blickte an Yara vorbei, die Zeltwand fixierend. „Ich kam hierher, weil ich dachte, hier wäre es anders. Ilias hat mir versprochen, ich könne alles selbst entscheiden. Ich könne das Wasser so verwalten, wie ich es wollte. Natürlich mit ihm zusammen." Toja entfuhr ein Laut, der wie ein bitteres, abgehacktes Lachen klang. Also war auch sie verraten worden, dachte Yara mit einem Hauch von Mitgefühl. „Wo kamst du her?" fragte sie tatsächlich interessiert. Toja blickte weiter die Zeltwand an, antwortete jedoch leise. „Er hat mich in der Kristallstadt gefunden. Eigentlich hat Ilias dort nach Avan gesucht. Wie du, Yara. Eigenartig, nicht wahr? Ich habe mich sofort in ihn verliebt und bin mit ihm gegangen. Und weißt du was, Yara? Er hatte hier schon eine Frau. Er hat mich einfach nur hierhergelockt und benutzt." Toja machte wieder dieses abgehackte Geräusch und Yara bekam ein ungutes Gefühl. „Ich sollte hier auf ewig bleiben. Neben ihm und seiner Frau. Er hatte natürlich auch für mich einen Partner ausgesucht, ich wollte ihn nicht. Ilias hat es durchgehen lassen, bis ich auch den nächsten Mann nicht wollte und jetzt..." Toja machte eine Pause und sah Yara an. „Jetzt soll ich diesen Joss heiraten oder sonst was. Er drohte mir, Yara. Ich hatte Angst. Und dann kam Xen mit dir im Gepäck. Ein Geschenk des Himmels. Du bleibst hier und ich gehe zurück zur Kristallstadt, das ist alles. Ilias ist es egal, Hauptsache die Gemeinschaft wird mit Wasser versorgt, verstehst du, Yara?" Das war es also. Sie sollte hier die Wassergängerin sein. War sie nicht schon in ihrer alter Gemeinschaft vor dieser Aufgabe davongelaufen? Sollte das doch ihr Schicksal sein, dem sie nicht entkommen konnte? „Ich kann das nicht tun, Toja. Ich habe eine andere Aufgabe. Ich muss..." „Ja, ja du musst diesen Avan finden." unterbrach Toja sie. „Hast du wieder nicht zugehört? DU WIRST HIERBLEIBEN." Toja schrie jetzt fast und Yara sah ein, dass es keinen Zweck hatte, mit dieser Frau weiter zu sprechen. Sie hatte eigentlich angenommen, dass alle Wassergänger die Kraft des Wassers nutzen können, um ihren Geist zu klären. Aber Toja schien vollkommen verrückt geworden zu sein. Was war nur mit ihr passiert? Vielleicht konnte sie hier mit jemand anderem reden, der vernünftiger war. Im Grunde glaubte Yara nicht daran. Sie hatte zwar noch nicht viel von der Welt gesehen, aber bisher hatte sie den Eindruck, dass jeder den sie traf nur an sich selbst dachte. Bent, ihren Ziehvater und Palo, den Wassergänger ihrer alten Gemeinschaft schloss sie aus, die beiden hatten ihr geholfen und einiges riskiert. Warum hatten sie das für sie getan? Yara begriff immer mehr, welch wertvolles Geschenk sie von den beiden erhalten hatte.

Toja war mittlerweile aufgestanden und hatte aufgebracht das Zelt verlassen. Yara hatte sie ohne ein weiteres Wort ziehen lassen. Sie war also mal wieder auf sich allein gestellt.

Eine kleine Frau betrat das Zelt. Sie schaute Yara zur Abwechslung mal freundlich an. „Du sollst dich frisch machen und dann zum Abendessen kommen. Hier, ich habe ein paar saubere Kleider für dich." Sie legte ein Kleiderbündel auf den Platz, den eben noch Toja eingenommen hatte. „Ich bin Iva. Herzlich willkommen in unserer Gemeinschaft. Wir freuen uns alle, dass du unsere Wassergängerin sein wirst." „Äh, ich wollte eigentlich nicht - also, ich wollte..." Yara brachte nur ein Stammeln zustande und brach schließlich ganz ab. Was sollte sie dieser fremden Frau denn erzählen? „Schon gut, komm erstmal in Ruhe an. Du wirst dich sicher schnell eingewöhnen." meinte Iva freundlich und ließ Yara wieder allein.

Das hatte sich ja ziemlich schnell herumgesprochen. War etwa Xen dafür verantwortlich? Oder Toja? Vielleicht auch dieser Ilias, den Yara erst noch kennen lernen würde. Sie hoffte inständig, dass er nicht so ein Typ war, wie Toma. Der war schließlich auch einer der Oberen ihrer alten Gemeinschaft gewesen. Nur hatte er noch keine Frau gehabt und schien sehr an Yara interessiert. Unwillkürlich fröstelte Yara bei dem Gedanken an Toma. Zum Glück hatte sie fliehen können und sie war nicht geflohen, um in einer anderen Gemeinschaft fest zu sitzen, dachte Yara störrisch. Es muss einen Weg hier rausgeben. Sie sah sich das Bündel Kleidung an. Es war ein einfaches, aus dunklem Leinen gefertigtes Kleid. Yara kannte diese Art von Kleider auch von ihrer alten Gemeinschaft, sie hatte sie gehasst und so gut wie nie getragen. Sie hatte sich ihre Kleidung selbst genäht, die aus einer sandfarbenen Hose mit einer langen Tunika und Gürtel bestand. Yara beschloss, ihre eigene Kleidung anzubehalten, putzte den Staub davon ab und wusch ihr Gesicht.

Als sie aus dem Zelt trat, standen die Wachen noch dort. Yara beachtete sie nicht und ging auf den großen Platz zu, den sie schon bei ihrer Ankunft überquert hatten. Die Tische und Bänke waren nun voll besetzt und als die Wassergängerin bemerkt wurde, ging ein Raunen durch die Menge. Iva winkte Yara zu, denn neben sich hatte sie einen Platz freigehalten. Sie saß am breiten Kopfende eines Tisches neben einem Mann, der sich Yara als Ilias vorstellte. Verwundert blickte Yara zwischen Ilias und Iva hin und her. „Meine Frau Iva hast du schon kennen gelernt, wie ich hörte. Wir heißen dich willkommen, Wassergängerin Yara. Nun bedien dich und genieße das Mahl, du musst hungrig sein." Was redete der so geschwollen, dachte Yara trotzig. Er musste wissen, dass Yara nicht freiwillig hier war. Erst jetzt nahm sie war, dass ihr gegenüber Toja saß. Diese vermied scheinbar jeden Augenkontakt und konzentrierte sich sorgsam auf ihr Essen. „Ilias, ich möchte dich nach dem Abendessen gern um ein Gespräch bitten." Yara schlug ihren freundlichsten Ton an und musste schon wieder ein Spiel mitspielen, dass sie sich nicht ausgesucht hatte. „Aber gern, Yara. Schließlich müssen wir deine Initiation als neue Wassergängerin unserer Gemeinschaft besprechen. Je schneller dies stattfindet, desto eher kann Toja aus ihrem Dienst entlassen werden. Nicht wahr, Toja?" Toja sah kaum von ihrem Teller auf und nickte nur ein wenig. Was für eine blödsinnige Initiation dachte Yara, das wurde ja alles immer verrückter.

Nach dem Essen bedeutete Ilias Yara, ihm zu folgen. Iva und Toja blieben zurück. Er führte sie in sein geräumiges Zelt mit Trennwänden zum, wie Yara vermutete, Schlaf- und Waschbereich. Im vorderen Zelt standen mehrere Stühle um einen Tisch herum. An den Zeltwänden waren mindestens fünf Kristalllampen befestigt, wovon jedoch nur drei eingeschaltet waren. Was für ein Luxus dachte Yara.

„Also Yara, ich denke übermorgen wirst du dich genug ausgeruht haben, um die Initiation durchzuführen. Danach wird es ein schönes Fest geben, das wird die Leute freuen und darüber besänftigen, dass uns schon wieder eine Wassergängerin verlässt." Das wird langsam langweilig, dachte Yara. Die Oberen oder sonst wer konnten doch nicht einfach über jeden Kopf bestimmen, wie sie wollten. In Yara kam Wut auf, sie konnte sie kaum unterdrücken. „Ilias, ich werde nicht eure neue Wassergängerin sein. Ich weiß nicht, was Toja berichtet hat, aber ich habe eine andere Aufgabe. Ich gehöre hier nicht her und werde nicht bleiben!" Yaras Stimme zitterte ein wenig vor unterdrückter Wut, sie wollte einfach keine Spiele von irgendwelchen Oberen mehr mitspielen. „Das hier ist kein Spiel, Yara." sagte nun Ilias als hätte er ihre Gedanken gelesen. „Du hast Toja kennen gelernt. Sie ist leider nicht mehr fähig, ihre Aufgabe zu erfüllen und hat uns daher dich gebracht. Wie sie dich gefunden hat, spielt keine Rolle. Es ist ebenso unerheblich, ob du hier sein willst oder nicht. Es gibt keinen anderen also wirst du diese Aufgabe für uns erledigen." Yara schnappte nach Luft und überlegte eine wütende Erwiderung als Ilias bereits fortfuhr. „Beruhige dich Yara! Wir können dir ein angenehmes Leben bieten, du wirst es sehen. Wenn du erst eine Weile hier bist, wird es dir gefallen." Ilias Stimme klang schmeichelnd. „Hast du das auch Toja versprochen als du sie hergelockt hast?" fragte Yara und sah Ilias herausfordernd in die Augen. „Das hat sie dir erzählt? Ich habe sie damals gebeten, mit mir zu kommen. Das ist wahr. Aber sie ist aus freien Stücken mitgekommen. Die Kristallstadt hat genug andere Wassergänger, sie hatten keine Verwendung für sie. Ich habe ihr einen Gefallen getan. Niemand konnte ahnen, dass in ihr ein verrückter Dämon steckt. Wir sind nicht ganz unglücklich, dass sie uns wieder verlassen wird." Yara traute ihren Ohren nicht. „Sie hat dich geliebt, Ilias. Deshalb ist sie dir gefolgt. Und du hast sie betrogen und ihr Vertrauen missbraucht. Sie musste jahrelang mit ansehen, wie ihr Geliebter mit einer anderen Frau zusammenlebt. Du hast Toja zerbrochen. Was für ein Monster bist du?" Yara war in Rage von ihrem Stuhl aufgesprungen. „Das sind harte Worte, Yara. Aber ich werde dir verzeihen. Du bist jung und kennst die Welt nicht, du verdienst Gnade. Richte dich auf übermorgen ein. Deine Initiation wird stattfinden ob du es willst oder nicht. Und bedenke, falls du fliehen willst, Niemand wird dir helfen. Es gibt keine anderen Gemeinschaften in der Nähe, du würdest tagelang durch die Wüste irren und am Ende allein sterben. Das willst du sicher nicht." Wenn du da mal nicht falsch liegst, dachte Yara und verließ das Zelt. Draußen folgten ihr wieder zwei Wachen, Yara hatte sie in ihrer Rage erst gar nicht bemerkt.

Yara lief in dem kleinen Zelt auf und ab und versuchte, sich einen Weg zu überlegen, wie sie hier wegkam als Iva ihr Zelt betrat. „Was willst du Iva?" fragte sie unwirsch. Iva setzte sich ungefragt auf die Liege und sah Yara freundlich an. „Wir sind nicht deine Feinde, Yara. Im Gegenteil, die meisten Leute freuen sich sehr über eine neue Wassergängerin. Toja hat ihre Aufgabe schon lange nicht mehr wahrgenommen. Wir wissen nicht, wie es um unsere Wasserader steht. Seit langem sind wir so sparsam mit dem Wasser umgegangen, dass unsere Felder zu vertrocknen drohen. Bitte hilf uns, Yara!" Yara sah Iva an. Sie sah eigentlich nicht gefährlich aus, aber Yara hatte nun schon so viel Verrat erlebt, dass sie einfach misstrauisch war. „Hat Ilias dich geschickt?" fragte sie vorsichtig. „Nein, Yara. Er weiß überhaupt nicht, dass ich bei dir bin. Sicherlich würde es ihn freuen aber ich denke, du traust ihm nicht. Vielleicht kannst du mir aber glauben, Yara. Wir sind keine schlechten Menschen." Yara setzte sich zu Iva auf die Liege. „Das denke ich auch nicht zwangsläufig. Aber ich gehöre nicht hierher, Iva. Ich kann versuchen, euch zu helfen. Doch ich möchte dafür einige Informationen und ich werde nicht versprechen, zu bleiben. Apropos, was soll das eigentlich mit dieser Initiation?" Ivas Mine hellte sich auf. „Du hast das wahrscheinlich noch nicht mitgemacht aber immer, wenn ein alter Wassergänger geht und ein neuer eingeweiht wird, gibt es ein Ritual dafür. Normalerweise sind die Wassergänger alt, bevor sie gehen, aber ich erlebe das jetzt schon zum dritten Mal." Iva hob die Schultern und ließ sie mit einem resignierten Seufzer wieder sinken. Yara wollte gern mehr über die anderen Wassergänger erfahren, aber jetzt musste sie erstmal wissen, was sie erwartete. „Was muss ich denn bei diesem Ritual genau tun?" „Eigentlich nicht viel, du schwörst so etwas wie einen Eid, dass du unserer Gemeinschaft bei der Wasserversorgung hilfst und dann bekommst du ein Amulett, was dich als Wassergängerin erkennbar macht. Und der alte Wassergänger oder besser die Wassergängerin, in diesem Fall Toja, übergibt dir dieses Amulett, welches sie in der Regel vorher getragen hat. Ich habe nur keine Ahnung, ob Toja das schafft aber wir werden uns etwas einfallen lassen." Yara dachte kurz darüber nach. Wenn sie es konnte, würde sie der Gemeinschaft wirklich helfen wollen. Die Menschen hier konnten schließlich nichts für die Niederträchtigkeit ihres Oberen. Und vielleicht war Ilias tatsächlich gar nicht so böse. Vielleicht wollte er nur seine Gemeinschaft beschützen. Aber das hatte sie schon mal gehört. Miron hatte ähnliches behauptet, obwohl er zuließ, dass die Menschen der Unterweltstadt dem Tod geweiht waren. So oder so, es war nicht ihr Weg. Sie würde helfen und dann verschwinden. Was machte es da schon, dass sie es auch schwören musste, sie verschwor sich ja nicht für ein ganzes Leben. So hoffte sie zumindest. „Ich werde euch helfen, Iva. Aber ich habe zwei Bedingungen, die dein Mann nicht unbedingt hören muss. Erstens möchte ich, dass du weißt, ich werde nicht mein Leben in eurer Gesellschaft verbringen. Das werde ich niemals schwören. Und zweitens möchte ich, dass du mir etwas über Avan erzählst." Yara blickte Iva in die hellbraunen Augen. „Ich danke dir, Yara. Ich werde sehen, was ich wegen der Initiation beziehungsweise des Eides tun kann. Von Avan kann ich dir wahrscheinlich nicht soviel erzählen, wie du hören möchtest. Er kam als Jugendlicher zu uns. Gerade rechtzeitig, denn unsere alte Wassergängerin stand kurz vor dem Tode. Sie hatte unsere Gemeinschaft ihr ganzes Leben lang begleitet. Sie war Ilias' Mutter aber ihre Gabe hatte sie ihm nicht vererbt. Nun ja, Avan gab sich als Wassergänger zu erkennen und wir weihten ihn ein. Er war eher zurückhaltend und still, aber er übte seine Aufgabe zuverlässig aus. Er hat wohl Niemandem erzählt, woher er eigentlich gekommen war und wir fragten ihn nicht. Er hat für uns diese Wasserader gefunden. Viel mehr gibt es nicht über ihn zu erzählen. Niemand weiß, warum er uns verlassen hat." „Aber Ilias hat ihn gesucht, oder? In der Kristallstadt?" Yara musste ihre Aufregung zurückhalten. Endlich traf sie noch Jemanden, der ihren Vater gekannt hatte. Und wenn er diesen Menschen freiwillig als Wassergänger gedient hatte, musste sie ihnen dann nicht auch helfen? Aber warum nur war er gegangen? „Es war eine schlimme Zeit. Ilias war lange fort, ungefähr ein Jahr. Und zurück kam er nicht mit Avan, sondern mit Toja. Mir war klar, dass sie in meinen Mann verliebt war. Ich habe nie mit ihm oder Toja darüber gesprochen. Es muss sie zerbrochen haben." Traurig sah Iva an Yara vorbei. „Gute Nacht, Yara. Ruh dich aus, es ist schon spät!" Iva war im Begriff zu gehen als Yara noch etwas einfiel. „Als ihr auf der Suche nach der Wasserader wart, seid ihr damals auf eine andere Gemeinschaft gestoßen?" „Ja stimmt, es ist schon so lange her." Genau Neunzehn Jahre dachte Yara, sagte aber nichts. „Warum nur willst du das alles wissen? Ich erinnere mich, dass keiner aus unserer Gemeinschaft dortbleiben wollte und andersherum genauso. Es wurden Leute zum Tausch ausgelost und danach wollte Avan unbedingt dortbleiben. Ilias hat es nicht erlaubt. Ich weiß nicht mehr genau, warum." Yara nickte kaum merklich. Das stimmte mit Bents Erzählungen überein. Ihre Mutter war damals getauscht worden, doch wusste sie noch nicht, dass sie ein Kind erwartete - Yara. „Genug jetzt. Wenn mir noch etwas einfällt, erzähl ich es dir morgen." Damit ließ sie Yara allein.

Yara merkte nun auch, wie der Tag seinen Tribut forderte und bereitete sich zum Schlafen vor. Sie fragte sich, ob die Wachen noch vor dem Eingang standen, aber sie war zu müde zum Nachsehen und war kurz darauf eingeschlafen. Sie träumte diesmal von ihrer Oase. Sie stand am Rande eines riesigen Wassers, sicher ein Meer und unter ihren Füßen bewegte sich feiner, weißer Sand mit den sanften Wellen. Weit draußen schwamm ein Mensch im Wasser und rief: „Yara, komm ins Wasser. Es ist so wundervoll." Sie begriff, dass es ihr Vater war, der sie rief, doch Yara konnte sich nicht vom Fleck rühren. Als sie aufwachte, spürte sie fast noch den Sand zwischen ihren Zehen. Sie machte sich frisch und steckte den Kopf aus dem Zelteingang. Die Wachen waren fort. Offenbar hatte Iva ihrem Mann von ihrem gestrigen Besuch bei Yara erzählt. Oder Ilias dachte, Yara würde es nicht wagen, einfach in der Wüste zu verschwinden. Er konnte schließlich nichts von ihrem Kristallbohrer wissen. Yara glaubte nicht, dass Jemand ihre Sachen durchwühlt hatte, während sie schlief. Immerhin schien Ilias weniger invasiv als Miron zu sein. Sie zog sich ins Zelt zurück, setzte sich auf die Liege und schloss die Augen. Vor ihrem geistigen Auge sah sie das Glitzern der Wasserader. Es war ein großer Strom, der tief unter dem Wüstenboden verlief. Die Leute hier mussten sehr tief gebohrt haben, um sie zu finden. Sie würden noch viele Jahre reichlich Wasser haben. Yara versuchte dem Strom zu folgen, doch er teilte sich bald in mehrere Arme auf, sodass sie es aufgab. Wenn sie den Menschen hier sagen würde, wieviel Wasser sie täglich verbrauchen können, ohne dass die Ader zu schnell versiegt, könnte sie beruhigt verschwinden. Sie würde sich heute überall umsehen und versuchen zu berechnen, wieviel Wasser wofür verwendet werden konnte und dann war ihre Arbeit getan. Heute Nacht könnte sie sich die Sterne ansehen, dann wüsste sie genau, in welche Richtung sie gehen musste. Vielleicht könnte sie sich auch etwas Proviant besorgen. Wenn nicht, würde sie eben hungern müssen, bis sie etwas Essbares fand. Immerhin musste sie sich, dank des Kristallbohrers, um Wasser keine Sorgen machen. Wie war nur ihr Vater damals entkommen. Er hatte ja schließlich keinen Kristallbohrer gehabt, den hatte er ihrer Mutter gegeben und jetzt hatte ihn Yara. Er kann ja unmöglich nach Wasser geschaufelt haben. Es war schon für eine Gemeinschaft schwierig, die Brunnenanlagen in den Wüstensand zu bauen und für einen Einzelnen war das sicher unmöglich. Wie also hatte er es geschafft, durch die Wüste zu kommen? Yaras Magen knurrte laut und erinnerte sie daran, dass sie noch nichts gefrühstückt hatte. Sie machte sich auf den Weg zum großen Platz, auf dem sich allerhand Menschen um die Tische und Bänke tummelten. Es war ein fröhliches Durcheinander, Niemand schien einen festen Sitzplatz zu haben. Es standen zwar Karaffen mit Wasser auf den Tischen aber das eigentliche Frühstück musste sich jeder von einem langen Tisch holen, der beim Küchenzelt stand. Dort waren Brot, Eier, Käse und sogar etwas, das wie ein süßes

Gelee aussah, aufgebaut. Auch Getreidebrei und Trockenfrüchte konnte Yara entdecken. Tatsächlich fühlte sich Yara inmitten der schwatzenden, lachenden Menschen wohl. Sie hatte viel zu viel Zeit in der dunklen Unterwelt verbracht und genoss die Wärme, die von diesen Menschen ausging.

Nach dem Frühstück sah sich Yara überall ausgiebig um, unterhielt sich mit einigen Menschen und gewann so einen Überblick über die Aufgabe, der sie sich ab morgen stellen sollte. Im Grunde war diese Gemeinschaft wie eine Kopie ihrer alten Gemeinschaft. Der einzige Unterschied war, dass es hier nur einen oberen Gemeinschaftsverwalter gab, während in ihrer alten Gemeinschaft drei Verwalter die Entscheidungen trafen.

Yara versuchte sogar mit Toja zu sprechen. Doch als sie diese in ihrem Zelt aufsuchte, sagte sie nur „Verschwinde!" was Yara umgehend tat. Der Tag verging so schnell, dass Yara es gar nicht fassen konnte, schon wieder beim Abendessen zu sitzen. Abends gab es wieder eine feste Sitzordnung und Yara hatte den gleichen Platz neben Iva, den sie am Abend zuvor bekommen hatte. Toja saß ebenfalls an demselben Platz wie gestern, aber sie schien nur noch ein Schatten ihrer selbst zu sein. Den Kopf nach unten gehalten, die Schultern herabhängend, völlig in sich gekehrt saß sie da und stocherte in ihrem Essen herum. Was war mit der Frau passiert, die Yara vor nicht einmal achtundvierzig Stunden aus der Wüste entführt hatte? Ilias sah Yara dagegen mit einem siegessicheren Lächeln an und Iva fragte: „Hast du einen schönen Tag gehabt, Yara? Es gab sicher viel zu sehen." Yara behielt den Vergleich mit ihrer alten Gemeinschaft für sich. Es hatte sie Niemand gefragt, woher sie gekommen war und sie würde es auch Keinem erzählen. Wie ihr Vater, dachte sie plötzlich. Yara verdrängte den Gedanken an ihren Vater und versuchte sich auf die Beantwortung von Ivas Frage zu konzentrieren. „Ja, es ist wirklich sehr nett hier." sagte sie höflich. „Entschuldigt mich bitte. Wir sehen uns morgen zur Initiation." Damit stand Yara auf und ging zu dem kleinen Zelt, dass Ilias ihr offiziell als Wohnzelt zugewiesen hatte. Was machte sie hier eigentlich? Sie hatte sich heute so verhalten als wäre sie schon ein Teil dieser Gemeinschaft. Es war ihr nicht mal schwergefallen. Fühlte es sich so an, wenn man eine richtige Aufgabe hatte, die zu einem passte? Sie dachte an ihre Aufgabe in der alten Gemeinschaft zurück. Dort hatte Niemand gewusst, dass sie die Gabe des Wassers hatte. Deshalb war sie zur Näherin geworden, wie ihre Mutter. Diese Aufgabe hatte ihr nie Probleme bereitet, doch glücklich war sie damit nicht geworden. Wenn sie sich hier als Wassergängerin engagierte, hätte sie auch in ihrer alten Gemeinschaft bleiben können. Verwirrt ließ sie sich auf der Liege nieder und schloss die Augen, nur um gleich wieder hochzuschrecken, weil Jemand ihr Zelt betrat. „Sch, erschrick nicht. Ich bin Joss, ein Jäger aus der Gemeinschaft." Natürlich hatte sich Yara erschrocken und als sie den Mann genauer betrachtete erkannte sie den Jäger, der gestern noch mit einem Seil auf sie zugekommen war, um sie zu fesseln. „Was willst du hier?" fragte sie nicht gerade freundlich. „Vielleicht glaubst du es mir nicht, aber ich will dir helfen." Schon wieder einer, der seine Hilfe anbot, dem sie nicht vertrauen konnte. Aber immerhin war sie neugierig geworden. „Bist du etwa der Joss, den Toja heiraten sollte?" „Äh ja, aber darum geht es nicht." Joss wirkte tatsächlich verlegen. „Ich weiß, dass sie mich nicht will und eigentlich möchte ich Jemand anderes heiraten aber egal. Toja wird sowieso von hier verschwinden. Und ich weiß, dass auch du hier nicht sein willst." Joss machte eine Pause und suchte offenbar nach Worten. Yara bot ihm an, sich auf den Stuhl zu setzen. „Also, ich bin ein Freund von Xen, dem Kristallsucher." fing Joss wieder an und Yara schnappte hörbar nach Luft. „Als Xen hierherkam und mit Toja sprechen wollte, habe ich die beiden belauscht. Ich weiß, das war nicht fein von mir aber ich dachte, vielleicht hilft Xen ihr abzuhauen und dann wäre auch ich wieder frei. Aber er bat sie bloß, mit dir zu sprechen." Joss zuckte mit den Schultern als wisse er nicht, warum Xen Toja nicht gleich mitgenommen hatte. Yara wartete gespannt, dass Joss weitererzählte. Ihr Magen hüpfte gefühlt auf und ab, jetzt würde die Stelle kommen, an der Xen Yara verraten hatte. Doch was Joss berichtete, war nicht der Verrat durch Xen. „Toja wollte unbedingt mit Xen weg von hier. Doch er beharrte darauf, dass er sofort in die Unterweltstadt zurückmüsse und er sie nicht mitnehmen könne. Er appellierte an ihre Ehre als Wassergängerin, einander zu helfen, du seiest schließlich auch eine mit der Gabe und bräuchtest ihre Hilfe." Yara hörte ungläubig zu. Xen hatte sie nicht verraten, es war Toja gewesen. Joss berichtete weiter, dass Xen Yaras Standort preisgegeben hatte und Toja nochmal inständig gebeten hatte, mit Yara zu sprechen. Dann hatte er kurz mit Ilias gesprochen und war wieder losgefahren. Yara konnte kaum noch zuhören. Xen hatte sie nicht verraten, er wollte ihr tatsächlich helfen. Sie hatte ihm Unrecht getan und mit Schrecken dachte sie daran, was Miron mit ihm anstellen würde. „Hör zu, Yara!" Joss verlangte wieder ihre Aufmerksamkeit, sie musste sich konzentrieren. „Xen hat mir einmal das Leben gerettet, als ich in der Wüste verloren war. So sind wir Freunde geworden. Ich schulde ihm etwas und deshalb werde ich dir helfen. Aber ich kann dir erst helfen, nachdem Toja gegangen ist. Sonst muss ich sie am Ende doch noch heiraten." Yara schob die Gedanken an Xen beiseite. Joss wollte ihr also helfen. Das war ziemlich unerwartet, aber hilfreich. „Was muss ich tun?" fragte Yara entschlossen. „Du musst die Initiation mitmachen. Nebenbei fände ich es toll, wenn du uns tatsächlich mit der Wasserader helfen könntest." Joss sah Yara mit schüchternem Blick in die Augen. Es fiel ihm offensichtlich schwer, Yara um etwas zu bitten. „Schon gut Joss, ich werde euch auf jeden Fall unterstützen. Ich habe die Ader schon gecheckt, ihr werdet noch viele Jahre Wasser haben." Jetzt war es Joss, der erleichtert aufatmete. „Gut, also nach der Initiation wird sich Toja gleich auf den Weg machen. Ich weiß, dass sie so schnell wie möglich hier weg will. Ilias wird ihr einen Esel und Proviant mitgeben, dann ist sie auf sich gestellt. Am Tag nach dem Ritual werden sicherlich alle von dem Fest etwas verkatert sein. Ich komme abends zu dir und werde dich ungesehen zum Wall begleiten. Bis Jemand merkt, dass du weg bist, wird es morgens sein. Wir haben nur Esel, um dir zu folgen, die sind nicht so schnell. Außerdem wird das Gelände südlich immer steiniger und du kannst dich zwischen Felsbrocken gut verstecken, wenn du Verfolger bemerkst." Yara kam das alles ziemlich bekannt vor. Fast genauso hatte ihre Flucht aus ihrer alten Gemeinschaft ausgesehen. Aber immerhin hatte sie es geschafft, zumindest bis hier her. Joss` Plan war besser als nichts. Sie würde es in jedem Fall versuchen. „Danke, Joss. Ich werde es versuchen." „Gut, dann bis übermorgen." Joss verließ das Zelt und Yara war jetzt zu aufgekratzt, um zu schlafen. Sie hatte eine Möglichkeit wegzukommen und könnte nebenbei den Menschen hier helfen. Klar, früher oder später würden sie einen Wassergänger brauchen aber ein paar Jahre könnte Yara ihnen sicher verschaffen.

Am Morgen des Rituals kam Iva zu Yara ins Zelt und brachte ihr Frühstück. „Ich bin froh, dass du dich für uns entschieden hast." sagte Iva mit einem ehrlichen Lächeln. Yara schluckte den Kloß im Hals hinunter. Sie mochte die freundliche Frau, es tat ihr leid, sie enttäuschen zu müssen. „Warum bringst du mir Frühstück, Iva?" fragte Yara und wich Ivas Blick dabei aus. „Es ist schon alles für die Initiation vorbereitet, das Frühstück hat heute früher stattgefunden, du hast es wohl verschlafen." Iva lachte kurz und herzlich und stellte das Tablett auf der Liege ab. „Ich glaube, Niemand möchte, dass dein Magen laut knurrt, wenn du mitten im Ritual bist." Jetzt musste auch Yara lächeln. „Danke!" sagte Yara schlicht. Als Iva gegangen war, wollte Yara etwas essen, doch sie stellte erstaunt fest, dass sie keinen Bissen hinunterbrachte. War sie etwa nervös? Na ja, es war keine Kleinigkeit, sie schwor einer ganzen Gemeinschaft deren Wassergängerin zu sein, um dann am Tag darauf zu verschwinden. Verdammt, worauf hatte sie sich da bloß eingelassen. Jetzt war es zu spät, es gab kein Zurück mehr. Da sie sowieso nichts essen konnte, setzte Yara sich auf die Liege, schloss die Augen und besuchte mit ihrem Geist das Wasser. Sofort stellte sich die ihr bekannte Ruhe und Kraft ein. Sie sah das dunkle Glitzern und Strömen, sah die herum wirbelnden Gesteinsteilchen und stellte sich vor, wie das Wasser ihren erhitzten Körper kühlte. Es fühlte sich wunderbar an. Als Yara die Augen öffnete ging es ihr besser. Essen wollte sie zwar immer noch nichts aber sie beschloss, das Kleid, welches Iva ihr am Vortag gebracht hatte anzuziehen. Als sie zum Waschtisch hinüber ging, stellte Yara mit einem Lächeln fest, dass Iva ihr dort einen kleinen Spiegel und einen Blumenkranz hingelegt hatte. Ja, sie mochte Iva wirklich gern. Das Kleid passte wie angegossen und als Yara ihr Haar geflochten und den Kranz ums Haar gelegt hatte, erkannte sie sich kaum wieder. Ihre türkisfarbenen Augen starrten sie erstaunt aus dem Spiegel an. Wer war diese Frau? Kurz sah sie sich in der Gemeinschaft leben, sich an den Dingen des Alltags erfreuen, sich zu Hause und geborgen fühlen. Sie wischte das Bild entschlossen weg. Sie müsste einen

Mann heiraten, den sie nicht liebte, essen was man ihr vorsetzte, dürfte nicht in der Wüste stromern, müsste an Besprechungen teilnehmen, in denen sie doch nichts zu sagen hatte. Nein, sie wollte kein vorgegebenes Leben, deshalb war sie schließlich auch geflüchtet. Sie würde das hier durchziehen und dann verschwinden. Entschlossen nahm Yara ihr Amulett vom Hals und steckte es in ihren Rucksack. Tojas Amulett, welches sie beim Ritual bekommen sollte, würde sie später hier zurücklassen. Sie trat hinaus in die Sonne und ging auf den Platz zu. Die Tische waren weggeräumt worden und die Stühle im Halbkreis um ein kleines Podest angeordnet. Die Menschen warteten bereits, es herrschte eine fröhliche, fast ausgelassene Stimmung. Ilias, Iva und Toja standen schon auf dem Podest und Iva winkte Yara zu sich. „Du siehst sehr hübsch aus in dem Kleid." flüsterte Iva ihr mit einem Lächeln zu. Auf dem Podest war ein blauer, rechteckiger Teppich ausgelegt, in der Mitte stand eine wunderschön verzierte Keramikschale, mit Wasser gefüllt. Ilias sah erst Yara an, dann drehte er sich zu der Menge, die augenblicklich still wurde. „Das Ritual beginnt." sagte er mit donnernder Stimme und stellte sich an die Seite des Podests. Iva ging auf die andere Seite und Toja kniete sich neben die Wasserschale. Bevor Yara überhaupt überlegen konnte, was sie tun sollte, winkte Toja sie zu sich. „Komm, Yara!" flüsterte sie leise. Als Yara sich neben die andere Schale kniete, begann Toja laut zu sprechen. „Yara, die du die Gabe des Wassers besitzt. Wirst du dieser Gemeinschaft dienen, indem du deine Gabe mit ihr teilst und sie vor dem Schicksal der Dürre bewahrst?" Toja sagte nichts weiter und Yara begriff erschrocken, das von ihr erwartet wurde, dass sie die Frage beantwortete. „Äh, ja das werde ich." sagte Yara stockend. „Gut, dann schließe jetzt deine Augen und konzentriere dich auf das Wasser!" Toja hatte wieder eine normale Lautstärke angeschlagen und Yara atmete erleichtert aus. Nichts leichter als das, dachte Yara und fokussierte ihren Geist. Sie bekam nur am Rande die Worte mit, die Toja nun sprach:

Wasser ist Leben, Wasser ist Kraft.

Es fließt ohne Eile, ohne Hast.

Es schenkt Ruhe, spendet Leben,

das war schon immer so gewesen.

Atme es ein, lass es durch dich fließen,

du wirst die glitzernde Kraft genießen.

Nun lass es raus, gib´s wieder frei

und das Wasser fließt stetig vorbei.

Yara atmete ruhig aus und ein und sah das Wasser vor ihrem inneren Auge fließen. Sie spürte ebenso das Wasser in der Schale neben sich, es wollte fließen, nicht gefangen sein. Plötzlich wurde Yara von einem Schwall kalten Wassers erfasst, sie schlug sofort die Augen auf und gleichzeitig brach ein Tumult unter den Menschen aus. Sie dachte erst, man habe ihr die Schale über den Kopf gekippt und wollte sich empört

bei Toja beschweren. Die jedoch war selbst klitsch-
nass, sah Yara entgeistert an und flüsterte: „Was hast
du getan?"

Ilias versuchte die Menge zu beruhigen, während
Iva geistesgegenwärtig Toja leicht schüttelte. „Das
Amulett, Toja. Gib es Yara, damit das Ritual vollen-
det werden kann!" Toja nahm das Amulett von ihrem
Hals und legte es Yara um. „Du bist nun offiziell die
Wassergängerin dieser Gemeinschaft und ich bin von
meinen Pflichten befreit." Dann stand sie auf, ging
ohne ein weiteres Wort und ließ eine verwirrte Yara
zurück. Ilias hatte es geschafft die Menge zu beruhigen und verkündete nun: „Feiern wir unsere neue
Wassergängerin!" worauf er Yara am Arm packte
und sie neben sich hochzog. Die Menge begann wieder zu toben und zu grölen.

Iva kam ebenfalls an ihre Seite und klatschte für
Yara in die Hände. Dann nahm sie Yara sanft am Arm
und zog sie von der Bühne zu ihrem Zelt. Yara fragte
sich nach wie vor, was eigentlich passiert war. Iva
reichte ihr ein Handtuch und fragte etwas unsicher:
„Wie hast du das gemacht Yara? Ich glaube, es hat
den Leuten etwas Angst eingejagt." Yara verstand
nicht. „Was meinst du? Was habe ich gemacht?" Verwundert blickte Iva sie an. „Yara, als Toja den Ritual-
spruch aufsagte, stieg das Wasser in der Schale hoch
als würde es herauskommen wollen. Und mit der
letzten Zeile des Spruchs klatschte es zurück und
spritzte euch beide ordentlich nass. Das war ziemlich
unheimlich." „Oh." Mehr fiel Yara dazu nicht ein. Sie
hatte das Wasser in der Schale gespürt, hatte sie es

auch bewegt? „Egal, komm wir feiern dich jetzt ein wenig!" Iva wollte Yara aus dem Zelt bugsieren, doch Yara hatte noch etwas vor. „Iva, bitte geh schon vor. Ich muss mich noch etwas sammeln, dann komme ich nach." „Bleib nicht zu lange!" meinte Iva nur und verließ das Zelt. Yara wartete einen Augenblick, dann begann sie die anderen Räume von Ilias´ und Ivas gemeinsamen Zelt zu durchsuchen und fand schließlich, wonach sie suchte. Einen Stift und Papier, sehr wertvoll, das wusste Yara, aber sie brauchte Beides, um ihre Berechnungen zu notieren. Sie hatte sich gestern die Felder und Viehgehege angesehen, gefragt, wer wie viel Wasser benötigt, dann die Anzahl der Gemeinschaftsmitglieder herausgefunden, wie viele Kinder im Jahr geboren werden durften und so weiter. Nun erstellte sie eine Berechnung für den täglichen Wasserverbrauch und wie lange die Wasserader mit Sicherheit nutzbar wäre. Sie schummelte um ein paar Jahre, denn sie wollte nicht, dass die Ader ganz versiegte. Den Stift und das unverbrauchte Papier legte sie wieder zurück. Mit den Berechnungen in ihrer Rocktasche ging sie beruhigt auf den Platz, um sich feiern zu lassen.

Die meisten Leute empfingen sie fröhlich und wollten mit ihr anstoßen. Yara hatte noch nie Alkohol getrunken, in ihrer alten Gemeinschaft wurde nur Apfelwein hergestellt, der an den Sonnenwendfeiern getrunken wurde. Hier allerdings gab es eine Art Fruchtbowle, die mit hochprozentigem Alkohol angesetzt worden war, wie man ihr erzählte. Nachdem sie die Bowle probiert hatte, verstand Yara auch, warum Joss meinte, morgen würden alle verkatert sein. Nach dem ersten Becher entschloss Yara sich, das Fest zu genießen, nicht an morgen zu denken und mit den gut gelaunten Leuten zu feiern. Nach dem dritten Becher verschwand sie hinter einem Zelt und übergab sich heftig. Wenn das der Alkohol mit ihr machte, dachte sich Yara, dann wollte sie damit nichts zu tun haben. Schließlich entschuldigte die Wassergängerin sich bei einigen Leuten und ließ die Menschen ohne sie feiern. Endlich in ihrem Zelt versuchte Yara noch einmal an den Vormittag und das Ritual zu denken. Wie hatte sie das Wasser aus der Schale aufsteigen lassen können? Die Gedanken kamen schleppend und schwer, so dass es Yara schließlich aufgab und in einen traumlosen Schlaf fiel.

Als sie am frühen Morgen erwachte fühlte sich Yara, als hätte sie die gesamte Wüste in ihrem Mund. Zum Glück hatte sie keine Kopfschmerzen, sie war froh, dass sie die Feier so früh verlassen hatte. Als sie nach dem Frischmachen, ihr Zelt verließ, umfing sie eine Stille, wie sie es in einer Gemeinschaft noch nie erlebt hatte. In den Abortzelten stank es widerlich nach Erbrochenem und der große Platz sah aus als hätten die Leute einfach alles, ob Lebensmittel, Kleidung oder sogar Geschirr willkürlich irgendwo fallen lassen und zertrampelt. Das hatte es in ihrer alten Gemeinschaft nie gegeben.

Einige Leute waren doch schon auf den Beinen und versuchten das noch heil gebliebene Geschirr einzusammeln. Sie entdeckte Joss unter ihnen und schlenderte zu ihm rüber. „Sag mal feiert ihr oft solche Feste?" Joss sah gar nicht so mitgenommen aus, wie sie es erwartet hatte, wahrscheinlich hatte er sich von der Bowle ferngehalten. „Nein eigentlich nicht. Das könnten wir uns gar nicht leisten." Er sah Yara mit einem schiefen Grinsen an. „Die letzten Feiern, an die ich mich erinnere, waren Ilias´ Hochzeit und Tojas Initiation." „Hast du Toja heute schon gesehen, Joss?" Sie versuchte ihre Frage beiläufig klingen zu lassen, es waren schließlich weitere Menschen in der Nähe. „Nein, ich hab sie auch gestern Abend nicht gesehen. Sieh doch mal in ihrem Zelt nach!" Auch Joss schlug einen plaudernden Ton an aber sein durchdringender Blick sagte ihr, dass Toja die Gemeinschaft schon verlassen hatte. Yara machte sich trotzdem auf zu Tojas Zelt und fand es tatsächlich verlassen vor. Sie beschloss, bei Ilias nachzufragen. Auch Ilias und Iva waren schon auf den Beinen, wie Yara erleichtert feststellte. Iva begrüßte sie freudig und fragte, wie es ihr ginge. Yara lächelte ebenso herzlich und bedankte sich aufrichtig für das vergangene Fest zu ihren Ehren. „Sag mal Iva, hast du Toja gesehen? Bei ihr wollte ich mich ebenfalls bedanken und in ihrem Zelt ist sie nicht." Yara wollte Iva nicht belügen, aber ihr blieb keine Wahl. Sie musste herausfinden, ob Toja wirklich gegangen war. Erst dann würde Joss ihr helfen. Iva blickte zu Ilias hinüber, der sich eben Wasser in ein Glas gegossen hatte. „Bitte sag du es ihr, Ilias!" Er sah Yara mit unergründlichem Blick an. „Toja hat mich gestern direkt nach dem Ritual gebeten, die Gemeinschaft verlassen zu dürfen.

Da du dich eingefügt hast, Yara, habe ich es ihr erlaubt. Sie ist gegangen. Ich denke, deine Trauer darüber hält sich in Grenzen?" Den letzten Satz hatte Ilias zwar wie eine Frage formuliert, aber Yara dachte nicht daran, darauf zu antworten.

„Ich gehe mich ein wenig umsehen." sagte Yara und ließ die Beiden allein. Sie ging erneut an Joss vorbei und nickte diesem unauffällig zu als er sie ansah. Joss nickte ebenfalls und widmete seine Aufmerksamkeit wieder dem Geschirr. Das genügte Yara, er hatte verstanden. Heute Abend also würde sie fliehen. Schon wieder. Wann würde das ein Ende haben? Würde sie je irgendwo ankommen und bleiben? Sie durfte nicht zweifeln, dachte Yara energisch. Sie würde ihren Träumen folgen und die Oase finden, es war das Richtige, das fühlte sie. Sie sah sich tatsächlich noch ein wenig um und stellte fest, dass viel mehr Leute auf den Beinen waren als sie angenommen hatte. Es war nur alles viel ruhiger, das Gelächter und fröhliche Geschnatter fehlte. An den Feldern entdeckte sie die Pflanzer und bei den Tieren die Viehwärter, die ihrer Arbeit nachgingen.

Da Yara heute Abend fit sein wollte, entschied sie sich, den Rest des Tages auszuruhen. Vielleicht konnte sie sogar noch etwas schlafen. In ihrem Zelt packte sie schon alles zusammen, um bereit zu sein, wenn Joss käme. Ihre Berechnungen und Tojas Amulett legte sie zusammen auf den Waschtisch. Sie dachte mit Bedauern daran, dass sie sich nicht von Iva würde verabschieden können. Aber ihr fiel einfach kein Weg ein, ohne dass sie ihr Vorhaben preisgeben würde. Also beließ sie es dabei, vielleicht konnte Joss ihr ein paar freundliche Worte ausrichten.

Das Abendessen auf dem Platz verlief genauso still, wie es der Tag gewesen war. Zudem fehlten auch etliche Leute, wie Yara auffiel. Das Frühstück hatte so gut wie gar nicht stattgefunden und auch mittags waren nur einige Familien mit ihren Kindern gekommen. Yara war das nur recht, so würde es ihr leichter fallen zu gehen. Ilias ließ sie in Ruhe und sie brachte das Essen schnell hinter sich.

Direkt nach Einbruch der Dunkelheit kam Joss zu ihr. „Komm!" flüsterte er nur und ging voraus. Wie sie selbst bei ihrer Flucht aus der früheren Gemeinschaft, wählte Joss den Weg hinter den Zelten entlang. Allerdings lief er mit ihr zu den Feldern was Yara zwar wunderte, aber sie sagte dennoch nichts und folgte ihm still. Joss führte sie zu einem Gerüst, welches am Wall nach oben führte. „Es ist der südliche Aussichtspunkt. Ich hab gestern dafür gesorgt, dass der Wachposten heute arbeitsunfähig ist." flüsterte Joss mit einem Grinsen. „Wenn du oben bist, kannst auf der anderen Seite am Wall hinunterrutschen und weg bist du." Yara rügte sich gedanklich für ihre Unaufmerksamkeit. Sie hatte überhaupt nicht mitbekommen, dass die Gemeinschaft Wachposten auf dem Wall hatte. Und wenn Joss gestern schon dafür gesorgt hatte, dass der Wachposten, wohl aufgrund des hohen Bowlekonsums, heute nicht arbeiten konnte, musste er sich sehr sicher gewesen, sein dass Toja heute weg war. Oder er hätte ihr sowieso geholfen. Es war einerlei, sie würde jetzt gehen. „Joss, ich habe Tojas Amulett auf den Waschtisch in meinem Zelt gelegt. Dort findest du auch die Berechnungen für euren Wasserverbrauch." „Ich verstehe nicht, Yara. Welche Berechnungen?" Yara musste ein Augenrollen unterdrücken, sie wollte weg und zwar schnell. „Ich habe dir doch versprochen, euch zu helfen. Die Berechnungen zeigen euch den Wasserverbrauch pro Tag für die nächsten Jahre." Joss sah Yara ungläubig an. „Das kann Niemand berechnen, Yara. Woher willst du wissen, wieviel die Ader über die Jahre hergibt. Das kann einfach Niemand wissen." „Hör zu Joss, ich weiß es eben. Bitte glaub mir, ich muss jetzt los. Danke für alles." Joss reichte ihr ein kleines Bündel. „Hier, nimm das. Es ist ein wenig zu Essen." Yara nahm dankbar das Bündel, kletterte das Gerüst hinauf, rutschte auf der anderen Seite den Sandberg hinunter und rannte in die dunkle Wüste.

V. DER TOD UND EIN GESCHENK

∞

Yara war schon eine Weile durch die nachtkühle Wüste gerannt und ziemlich erschöpft. Die Wüste hatte sich verändert, der Boden war härter und es gab mehr kleinere und größere Gesteinsbrocken, die ihr den Weg erschwerten. Sie wollte jedoch nicht den gleichen Fehler machen, wie bei ihrer Flucht aus der alten Gemeinschaft und sich zu früh ausruhen. Toma und seine Männer hätten sie damals fast erwischt. Andererseits standen die Chancen jedoch gut, dass Ilias ihre Flucht erst am Morgen bemerken würde und überhaupt, würde er ihr folgen? Würde Ilias ihren Berechnungen zum Wasserverbrauch vertrauen? Yara fragte sich, warum er damals ihren Vater verfolgt hatte. Und wieder tauchte die Frage auf, warum er die Gemeinschaft überhaupt verlassen hatte. Sie wünschte sich so sehr, dass er den gleichen Träumen wie sie folgte. Dass er die Oase sah und nach ihr suchte. Der Gedanke an ihren Vater ließ sie weiter und weiter laufen.

Der Morgen graute bereits als Yara ermattet auf die Knie viel. Wie weit war sie gelaufen? Hatte sie genug Abstand bekommen? Sie hoffte es, denn sie war mit ihren Kräften endgültig am Ende. Sie schleppte sich zu einem großen Stein, rollte sich, in ihre Decke eingewickelt, zusammen und schlief sofort erschöpft ein.

Geweckt wurde Yara durch ein hohes, abgehacktes Krächzen und als sie die Augen aufschlug, starrte sie wenige Meter entfernt ein riesiger Vogel an. Immerhin keine Echse, dachte sie. Es war ein Geier, wie sie ihn zwar aus dem Lehrzelt kannte aber noch keinen in natura gesehen hatte. „Hey, noch bin ich kein Aas!" rief Yara ihm empört zu und warf mit einem Steinchen nach dem Vogel. Der schien seinerseits empört, dass seine Beute noch lebte und machte sich zu Yaras Erleichterung davon. Die Sonne stand bereits tief, Yara hatte lange geschlafen, stellte sie mit leichter Sorge fest. Schnell stand sie auf und hielt nach möglichen Verfolgern Ausschau. Scheinbar war sie aber in weitem Umkreis allein. Yara nahm sich Zeit, um ihre Umgebung in Ruhe in Augenschein zu nehmen. Die Vegetation hatte sich stark verändert. Es war auch hier alles trocken, aber es fanden sich vereinzelt ausgedorrte Büsche und Kakteen. Überall lagen auf dem festen Boden Gesteinsbrocken herum, als hätte Jemand aus dem Himmel eine Handvoll Brotkrümel fallen lassen. Auch das Licht hatte sich verändert. Es war nicht mehr das strahlende Gleißen, mit dem sie aufgewachsen war. Hier schien der Tag eine rötliche Nuance, ganz wie der Boden und die Steine zu haben. Yara setzte sich wieder hin und begann mit ihrem Geist nach Wasser zu suchen. Sie wurde sofort fündig, denn der Boden war von vielen, kleinen Wasseradern durchzogen, die nicht allzu tief unter der Erde verliefen. Das erklärte, warum hier Büsche und Kakteen wachsen konnten. In der Gegend ihrer alten Gemeinschaft hatte es fast nur den hellen Sand gegeben und Yara freute sich, etwas Abwechslung zu bekommen.

Nachdem ihr Magen laut knurrte, holte sie das Bündel von Joss heraus. Dankbar aß sie ein wenig Brot und Käse, den Getreidebrei würde sie später zubereiten. Als sie das Säckchen mit den Getreidekugeln betrachtete, fiel ihr wieder Xen ein. Er hatte sie nicht verraten. Ob es ihm gut ging? Yara wünschte sich, er wäre hier bei ihr und sie müsste ihre Reise nicht allein durchstehen. Plötzlich musste sie auch an Toja denken. Sie wollte ebenfalls mit Xen fliehen. Ob sie sich schon lange kannten? Yara überlegte, ob sie Xen in die Unterwelt gefolgt war oder ob sie den Weg zur Kristallstadt eingeschlagen hatte. Bei Letzterem hätte sie den gleichen Weg wie Yara nehmen müssen. Yara hoffte, dass sie Toja nicht mehr wiedersehen musste. Diese Frau war ihr einfach zu verrückt. Yara sah sich noch einmal um, fast als erwarte sie, dass Toja gleich neben ihr stünde, dann packte sie ihre Sachen zusammen und brach auf.

Sie lief in die hereinbrechende Nacht hinein, immer weiter in südlicher Richtung. Was hatte Xen gesagt? Es war ein weiter Weg, aber sie würde ihn schon schaffen? Wie weit genau, wusste Yara nicht. Noch hatte sie Proviant und war bei Kräften, hoffentlich würde das bis zum Erreichen der Kristallstadt genügen. Und was dann? Yara hatte sich noch keinen Plan überlegt. Würde sie so ohne weiteres hineinkommen? Wie groß war diese Stadt eigentlich? Xen hatte davon gesprochen, dass dort viele Menschen lebten und es viele sonderbare Dinge gab. Ilias hatte sogar von mehreren Wassergängern gesprochen. Yara konnte sich das beim besten Willen nicht vorstellen. Was wollten die alle dort? Über ihre Gedanken lief und lief sie und merkte fast gar nicht, wie der Morgen anbrach. Verwundert sah Yara den zarten roten Streifen am rechten Horizont. Sie war auf jeden Fall besser in Form als bei ihrer ersten Flucht, dachte Yara mit einem Grinsen. Sie hielt kurz an, um etwas zu trinken und überlegte, noch eine Weile weiter zu laufen bis die Sonne zu sehr brannte.

Tatsächlich hatte Yara es geschafft, noch den ganzen Morgen über weiter zu laufen und wollte sich gerade eine Rastmöglichkeit suchen, als sie ein entferntes Summen vernahm. Was war das denn schon wieder, dachte sie erschöpft. Lauschend blieb sie stehen und versuchte das Geräusch zu orten. Yara hatte es schon einmal gehört. Ein Plot? Das konnte unmöglich sein. Oder doch? Als sie sich umdrehte sah sie es in der Ferne, es war tatsächlich ein Plot. Xen, dachte Yara erfreut und ihr Herz machte einen Satz. Oder auch nicht. Er hatte ihr ja erzählt, dass es mehrere solcher Dinger gab und sie konnte sich auf keinen Fall sicher sein, dass er da drauf sitzen würde. Das Plot kam schnell näher und Yara stand weiterhin unentschlossen herum. Ihrem Instinkt folgend, rannte sie dann doch zur Seite und suchte hinter einem großen Stein Deckung. Ihr Herz raste. Sie war gerade rechtzeitig hinter den Stein gesprungen als das Plot auch schon vorbei rauschte. Hoffentlich hatte sie der Fahrer nicht bemerkt aber als es am Horizont verschwand, konnte Yara sicher sein, unbemerkt geblieben zu sein. Sie hatte nicht erkennen können, wer das

Plot gesteuert hatte, aber es war nur eine Person darauf gewesen, wahrscheinlich ein Mann. Er war von Norden gekommen, also von dort wo auch Yara herkam. Konnte es ein Jäger gewesen sein, der nach ihr suchte? Aber Ilias hatte, soweit sie wusste, keine Plots. Und für Miron war es wohl ein bisschen spät, um nach ihr zu suchen. Außerdem hätte sie erwartet, dass wenn Jemand nach ihr suchte, dieser eher langsam und gründlich die Wüstenwege absuchen würde. Der Mann auf dem Plot war jedoch ziemlich schnell vorbei gerast. Wahrscheinlich hätte sie auch stehen bleiben können und er hätte sie nicht bemerkt. Aber darauf hatte sie es nun nicht gerade ankommen lassen wollen. Jedenfalls würde sie ihren Rastplatz nun sorgfältig abseits von ihrer geplanten Richtung auswählen müssen. Die Wassergängerin überlegte noch ob sie sich westlich oder östlich vom Weg entfernen sollte als sie erneut das mittlerweile vertraute Summen vernahm. Erschrocken blickte sie sich um. War sie doch entdeckt worden und der Fahrer kam zurück? Wohl nicht, denn es war zwar ein Plot, welches aber auch von Norden auf sie zu kam. Sie glaubte nicht, dass der Fahrer vorhin einen Kreis gedreht hatte. Diesmal überlegte Yara nicht lange und versteckte sich hinter dem gleichen Stein. Es dauerte länger, bis das Plot vorbeikam, es fuhr augenscheinlich langsamer. Trotzdem konnte Yara den Fahrer nicht erkennen, da er eine Sandmaske trug, wie auch der Fahrer zuvor. Sie glaubte nicht, dass es Xen war. Die Gestalt auf dem Plot wirkte eher schmal und kleiner. Es könnte also Jemand aus der Unterwelt sein. Der erste Fahrer allerdings hätte Xen sein können. Es nützte nichts, sie würde es jetzt nicht erfahren also harrte Yara aus, bis das Plot außer Sicht war und suchte sich dann endlich einen Platz zum Ruhen.

Diesmal ohne Zwischenfälle, hatte Yara sich ausruhen können. Sie hatte etwas Zeit verloren, weil sie möglichst weit weg von dem vermeintlichen Weg rasten wollte, an dem sie die Plots gesehen hatte. Nun dämmerte der Abend bereits und Yara fühlte sich wesentlich sicherer in der Dunkelheit. Sie lief und lief und zermarterte sich noch immer den Kopf darüber, wer auf den Plots gesessen hatte, wo sie hergekommen waren und wo sie hinwollten. All ihre Grübeleien brachten sie jedoch zu keinem vernünftigen Ergebnis, sodass sie es schließlich aufgab. Ihre Gedanken wanderten zu Ilias und seiner Gemeinschaft, die sie verlassen hatte. Sie hätte dort glücklich werden können. Warum nur zog es sie fort. Würde sie die Oase je finden? Und was würde sie tun, wenn sie dort war? Yara hoffte, dass ihre Rastlosigkeit irgendwann ein Ende haben würde. Sie hatte sich schließlich so wohl unter Ilias` Leuten gefühlt. Sie hatte in Iva eine Freundin gefunden, was Yara nie für möglich gehalten hatte. Es tat ihr weh, sie belogen zu haben und auf diese Weise abgehauen zu sein, ohne ein Wort des Abschieds. Zwar hatte Yara daran gedacht, ein paar Worte für Iva zu schreiben, aber sie hätte erneut an Papier und Stift kommen müssen und letztlich war ihr die Zeit nicht wohl gesonnen gewesen. Sie war so froh, dass Joss ihr hatte helfen können zu fliehen. Yaras Gedanken wurden von einem Geheule unterbrochen. Schakale. Die Biester waren also auch hier auf Beutefang. Na klar, es gab hier Wasser knapp unter der Erde. Sicher trat es irgendwo hervor lockte alles mögliche Getier an. Da sie immer noch keine Lust hatte, heraus zu finden ob sie zum dem Beuteschema der Raubtiere passte, lief Yara noch ein wenig schneller. Sie hatte sich inzwischen an die Bodenbeschaffenheit und die herum liegenden Steine gewöhnt und stolperte kaum noch. Die Sonne zeigte bereits ihr beeindruckendes Morgengewand als das Heulen der Schakale nur noch weit entfernt zu hören war und Yara endlich an eine Rast dachte.

Ein erneutes Tiergeräusch ließ Yara stehen bleiben. Es klang wie ein Esel. Was machte ein Esel hier mitten in der Wüste? Das Geräusch verstummte und Yara lief langsam weiter, den Blick immer wieder nach rechts und links gerichtet, um einen geeigneten Rastplatz zu finden. Yara dachte schon, sie hätte sich geirrt und war einfach nur erschöpft als sie wieder das Wiehern eines Esels vernahm. Sie kletterte auf einen großen Stein und versuchte über die Ebene zu blicken. Weit entfernt südöstlich konnte sie tatsächlich die Umrisse eines Esels erkennen. Sie sah jedoch weder Menschen noch weitere Tiere in der Nähe. Es schienen aber einige große Steinbrocken rechts von dem Tier zu liegen. Hatte sich dort Jemand versteckt oder hielt einfach Rast, so wie sie es auch vorgehabt hatte. Yara musste es herausfinden, an eine Ruhepause war jetzt nicht mehr zu denken.

Sie hoffte, dass sie unbemerkt geblieben war und sie dadurch einen Vorteil hatte. Es waren sicher nicht die Typen mit den Plots, die hatten ja schließlich keinen Esel. Aber wenn sie weiter in südlicher Richtung gefahren waren, wären sie vermutlich auf den Reisenden mit dem Esel getroffen. Oder er hatte sich ebenfalls versteckt, wie Yara es getan hatte. Sie würde in jedem Fall versuchen, es heraus zu finden. Immer wieder hinter Steinen Deckung suchend, versuchte Yara sich an das Tier heran zu schleichen. Sie hatte keine Ahnung, was sie tun sollte, wenn sie dort war, deshalb ließ sie sich ordentlich Zeit bei ihrer Schleicherei. Als sie näherkam, schien das Tier sie zu wittern und gab wieder sein typisches „I-ah" von sich. Yara verharrte hinter einem Stein und wartete, ob der Herr des Esels auftauchen würde. Eine gefühlte Ewigkeit geschah nichts außer dem gelegentlichen Wiehern des Tieres und Yara beschloss, ihre Deckung aufzugeben. Der Esel machte einige nervöse Schritte als er die junge Frau erblickte und Yara versuchte das Tier mit Worten zu beruhigen. „Sch, ich tu dir bestimmt nichts. Bleib ganz ruhig. Wo ist nur dein Herr?" Natürlich wusste Yara, dass der Esel nicht antworten würde, aber sie hatte auch überhaupt keine Erfahrung mit diesen Tieren. In ihrer alten Gemeinschaft hatte es keine Esel gegeben. Als sie dicht genug dran war, streckte sie vorsichtig die Hand aus, um den Kopf des Tieres zu streicheln. Der Esel ließ es sich ruhig gefallen und blickte Yara aus seinen großen, braunen Augen an. Plötzlich setzte er sich in Bewegung, Yara ließ ihn gehen, folgte ihm aber in geringem Abstand. Yaras Herz schlug schneller und drohte fast zu zerspringen als sie zwischen den Steinen vor sich zwei Geier auffliegen sah. Was war hier geschehen? Der Esel lief zielstrebig auf die Stelle zu, von der die Geier aufgeflogen waren, aber Yara konnte wegen der großen Steine noch nichts erkennen. Schließlich führte der Esel sie um einen großen Gesteinsbrocken herum und ihr stockte schlagartig der Atem. Eine leblose Gestalt, das Gesicht und die Hände bereits von den gierigen Vögeln zerhackt, lag dort vor ihr auf dem Boden. Yara nahm einen tiefen Atemzug und zwang sich, näher heran zu gehen. Ein Pfeil steckte in der Brust des Toten. Nein, der Toten - die Gestalt war weiblich. „Oh nein!" entfuhr es Yara, als sie erkannte, wer da vor ihr lag. Toja. Yara setzte sich auf einen Stein und vergoss ein paar stille Tränen. Sie hatte Toja nicht sonderlich gemocht und sie sogar für verrückt gehalten, aber das hatte sie nicht verdient. Wer hatte ihr das nur angetan? Nach einer Weile fasste Yara Mut und lief hinüber zu der Toten. Es war kein schöner Anblick, doch sie konnte Toja eindeutig an Kleidung und Haar identifizieren. Yara sah sich den Pfeil genauer an. Es musste ein sehr präziser Schuss gewesen sein, direkt ins Herz, wahrscheinlich von einem sehr guten Schützen. Sie erkannte außerdem, dass es der Pfeil einer Armbrust gewesen sein musste, da er ziemlich kurz war. Trotzdem half ihr diese Erkenntnis nicht weiter, denn sie wusste immer noch nicht, was eigentlich passiert war. Wollte sie das überhaupt wissen? Yara sah sich die Tasche an, die Toja bei sich getragen hatte. Sie fand darin die zwei Drähte, die Wassergänger üblicherweise bei sich trugen, eine leere Flasche und et-was Proviant. Wie hatte Toja an Wasser kommen wollen? Klar, sie konnte welches finden, aber sie hatte doch nicht wirklich in der harten Erde buddeln wollen. Yara war ratlos. Es waren einfach zu viele Fragen, die sie nicht beantworten konnte. Hatte Toja noch etwas anderes bei sich gehabt, weswegen sie ge-tötet worden war? Waren es die beiden Plotfahrer ge-wesen, vor denen sich Yara gestern selbst versteckt hatte? Ein krächzendes Geräusch riss Yara aus ihren Gedanken. Sie drehte sich um und sah die zwei Geier nicht weit entfernt auf einem Stein sitzen. Sie schie-nen sie zu beobachten und darauf zu warten, dass Yara verschwand und sie wieder an ihre Beute her-ankonnten. „Verschwindet!" rief Yara ihnen ärger-lich zu. Vorsichtig leerte sie Tojas Tasche und begann kleine und größere Steine zu sammeln. Sie wollte nicht, dass die Aasgeier Toja bekämen. Sie konnte die Leiche nicht verbrennen, da Yara befürchtete das Feuer würde zu weit in der Ebene zu sehen sein und würde eventuell die Leute anlocken, die Toja das an-getan hatten. Aber sie konnte sie mit Steinen bede-cken, um die Geier davon abzuhalten, die Leiche wei-ter zu zerfleddern.

Yara mühte sich eine ganze Weile damit ab, Steine zu sammeln und verscheuchte dabei immer wieder die Geier. Der Esel dagegen blieb einfach in der Nähe stehen und tat nichts weiter als zu warten. Erschöpft sank Yara schließlich neben der mit Steinen bedeck-ten Toten auf die Knie. Die Drähte zum Wasser fin-den, die Toja bei sich trug hatte sie in deren kalte, steife Hand geschoben. Sie wollte ein paar Worte des

Abschieds sprechen, konnte aber kaum noch stehen also blieb sie einfach sitzen. „Toja, ich habe dich kaum gekannt. Offenbar hast du dir ein anderes Leben gewünscht, das kann ich gut nachvollziehen, denn mir geht es genauso. Ich verzeihe dir, dass du mich in deine Gemeinschaft gelockt hast, um selbst fliehen zu können. Ich wünschte, ich hätte verstanden, wonach du auf der Suche warst. Ich wünsche dir jetzt die Ruhe und den Frieden, den du verdient hast." Nun erhob sich Yara doch langsam, um Abstand von dem steinernen Grab zu gewinnen. Ihr fiel die Halle der Toten in der Unterwelt ein und Yara wünschte sich plötzlich, Toja hätte einen Platz dort gehabt. Sie wollte nicht, dass die Wassergängerin so einfach in Vergessenheit geriet. Sie musste an ihre eigene, tote Mutter denken. Ihre Mutter würde nie in Vergessenheit geraten, da Yara die Gedanken an sie immer in ihrem Herzen trug. Und würde sie jemals Kinder bekommen, würde sie ihnen von deren Großmutter erzählen. Doch wer würde an Toja denken oder von ihr erzählen? Yara beschloss, Toja nicht zu vergessen und so ihr Andenken zu wahren. Vielleicht würde sie in der Kristallstadt Jemanden finden, der mit ihr verwandt war.

Müde setzte sie sich neben den Esel und ihren Rucksack auf den Boden. Um etwas zu essen war sie einfach zu erschöpft, so trank sie nur etwas, wickelte sich in ihre Decke und schlief ein.

In der Dunkelheit der Nacht wachte Yara auf. Sie benötigte einen Moment, um sich zu orientieren. Der Esel, die ermordete Toja und die Plotfahrer drangen sofort in ihren Geist. Erschrocken blickte Yara sich um. Ein erleichtertes Seufzen entfuhr ihr, scheinbar hatte sie in Sicherheit schlafen können. Der Esel stand noch immer dort und das Steingrab sah auch unverändert aus, soweit Yara es in der Dunkelheit erkennen konnte. Als sich der Hunger mit einem lauten Brummen bemerkbar machte, erinnerte sich Yara daran, dass sie seit geraumer Zeit nichts gegessen hatte. „Was frisst du eigentlich?" fragte sie den Esel. Yara wusste tatsächlich nicht, was so ein Tier überhaupt fraß. Froh, dass sie ein wenig Gesellschaft hatte, ging Yara zu Tojas Tasche, neben der noch ihr Proviant lag. Sie fand Brot, Getreidekugeln und Dörrobst. Es war so ziemlich das Gleiche, was Yara selbst an Proviant von Joss bekommen hatte. Allerdings hatte Yara noch etwas Käse und getrocknetes Fleisch dabei, doch sie bezweifelte, dass Esel so etwas fraßen. „Möchtest du etwas Brot, mein Lieber?" Vorsichtig hielt sie dem Esel mit der einen Hand etwas Brot hin und streichelte mit der anderen seine Ohren. Ebenso vorsichtig fraß der Esel das Brot aus Yaras Hand und vor Entzücken kicherte sie wie ein kleines Mädchen. „Sieh mal, noch etwas Obst!" Yara beobachtete, wie der Esel zufrieden das getrocknete Obst kaute. Solch eine Freude hatte sie schon lange nicht mehr empfunden. Und sie dankte der toten Toja im Stillen für dieses Geschenk. Sie ließ noch etwas Wasser aus der Flasche über des Esels Maul laufen, welches das Tier gierig aufschleckte.

Ein Feuer traute sich Yara nach wie vor nicht zu entfachen also aß sie das restliche, trockene Brot mit dem Käse. Dann suchte sie alles zusammen und band

Tojas Tasche an des Esels Deckenriemen. Auf ihm reiten wollte Yara jedoch nicht, es kam ihr irgendwie nicht richtig vor. Sie überlegte sogar, ihm das Halfter abzunehmen, entschied sich jedoch dagegen. Im Notfall würde Yara vielleicht doch auf den Esel als Reittier zurückkommen müssen, dann wäre es hilfreich, wenn er mit Halfter und Decke ausgestattet wäre. Ein letzter Blick zu Tojas provisorischem Steingrab und Yara machte sich wieder auf den Weg. „Komm!" rief sie dem Esel zu, in der Hoffnung, dass er ihr einfach so folgen würde. Anscheinend hatte ihm seine, von Yara aufgetischte Mahlzeit gefallen, denn er trottete ihr gemächlich hinterher.

Der Esel war Yara problemlos durch die Dunkelheit gefolgt und da Yara die halbe Nacht verschlafen hatte, beschloss sie, auch den Tag zum Laufen zu nutzen. Sie teilte ihre Mahlzeiten mit dem Esel und erfreute sich an dem genügsamen Tier. Die Sonne hatte bereits ein gutes Stück an Höhe gewonnen als Yara etwas Ungewöhnliches im Osten der Wüstenlandschaft hervorstechen sah. „Was meinst du, sehen wir uns das mal an, Esel?" Natürlich antwortete das Tier nicht, sondern sah Yara stumm aus seinen großen, braunen Augen an. „Ich glaube, du bist einverstanden, Esel." sagte sie zu ihm mit einem Grinsen. Das, was sie entdeckt hatte, ragte nicht wie ein Felsen oder großer Stein aus der Erde hervor, sondern sah zu gleichmäßig aus, um natürlich entstanden zu sein.

Als sie nahe genug dran war, um zu erkennen was es ist, blieb Yara sofort stehen. Der Esel tat es ihr glücklicherweise gleich. Es war eine Ruine aus der alten Welt, die dort schief aus dem Boden ragte. Yaras Herz schlug schneller. Gab es hier ebenfalls eine Unterwelt? Sie schloss die Augen und suchte nach Wasser. Es dauerte eine Weile, bis Yara im Geist eine Wasserader fand, doch diese war schmal und führte wenig Wasser. Es würde sich nicht lohnen, hier zu siedeln. Wahrscheinlich lebte Niemand in den Ruinen unter der Erde. Yaras Herzschlag verlangsamte sich allmählich und sie trat, den Esel im Schlepptau, den Rückweg zu ihrer Route an. Ihre Gedanken waren zu Xen gewandert. Sie fragte sich, ob Miron ihm verziehen hatte, dass er ihr zur Flucht verholfen hatte oder ob Xen betraft worden war. Wie würde überhaupt eine Strafe in der Unterwelt aussehen? Nein, darüber machte sie sich lieber keine Gedanken. Viel lieber wollte Yara eigentlich wissen, wie viele von diesen Ruinen es eigentlich gab und ob sie noch mehr dieser Unterweltstädte beherbergten. Sicher gab es in der einen oder anderen Ruine noch weitere, große Wasseradern aber deshalb da unten leben? Das konnte sich Yara niemals vorstellen und auch Xen gehörte ihrer Meinung nach nicht dorthin. Er war ein Kind der Sonne, auch wenn er Kristalle in den dunklen Abgründen suchte. Yara hoffte, sie würde ihn eines Tages wiedersehen.

Yara hielt Rast im Schatten eines großen Felsbrockens und überlegte, dort zu bleiben, bis die Nacht anbrach. Sie sah den Esel an, als ob sie ihn fragen wollte, was er davon hielt, sprach es aber nicht aus.

„Ich weiß, dass du mich nicht verstehst." sagte sie dennoch zu ihm. Sie beschloss, sich auszuruhen, um nachts weiter zu gehen. Sie hatte keine Ahnung, ob Esel im Dunkeln sehen konnten oder ob sie lieber nachts schliefen aber da ihr das Tier schon in der Nacht zuvor gefolgt war, dachte sie sich, es wäre in Ordnung. Außerdem musste sie nun erstmal ihre Wasservorräte auffrischen, da sie diese nun mit dem Esel teilte, gingen sie entsprechend schneller zur Neige. Yara schloss die Augen und spürte dem Wasser nach. Erstaunt stellte sie fest, dass es auch hier viele kleinere Wasseradern knapp unter der Oberfläche gab. Das lockte bestimmt kleine Tiere an. Und dann würde sie sicherlich mit Einbruch der Dunkelheit das bekannte Heulen der Schakale hören. Also war es jetzt Zeit, etwas zu ruhen, um später den Raubtieren keine Beute sein zu müssen. Schnell füllte sie ihre Wasservorräte auf, gab dem Esel davon und versuchte etwas zu schlafen.

Die Wüste brannte. Yara rannte mit den fliehenden Tieren um die Wette. Sie sah neben sich Schakale, Mäuse, Füchse, Echsen und anderes Getier laufen. Die Vögel flogen kreischend über sie hinweg. Wie hatte das passieren können? War sie daran schuld? Sie hatte Tojas toten Körper verbrennen wollen aber doch nicht die ganze Wüste. Nein stopp, Toja war gar nicht tot. Toja rannte kurz hinter ihr um ihr eigenes Leben, sie schrie: „Lauf, Yara! Lauf um dein Leben!" Yara drehte sich im Laufen um und blieb erschrocken stehen. Hinter Toja raste eine riesige Feuerwand auf sie zu. Toja musste die Hitze und das damit Unausweichliche spüren, denn sie blieb ebenfalls stehen.

„Finde die Oase!" rief Toja noch, bevor sie wild schreiend von der Feuerwand erfasst wurde. Yara registrierte verwirrt, dass es nicht Toja war, die wild schrie, sondern sie selbst. Sie schlug die Augen auf und versuchte sich zu orientieren. Sie hatte nur geträumt und die feuerrote Sonne hatte ihr mit der Abendhitze ins Gesicht geschienen. Yara atmete tief ein und aus und versuchte sich von dem Traum zu befreien. Toja war tot, geblieben war nur der Esel. Der stand ruhig ein wenig abseits und kaute auf einem trockenen Strauch herum. Schliefen diese Tiere eigentlich nie?

Yara aß und trank etwas, wobei sie darüber nachsann, wie viele Tage sie noch unterwegs sein würde, bis sie die Kristallstadt erreichte. Der Tag war noch nicht ganz in die Dunkelheit geglitten als sie tatsächlich das Heulen der Schakale vernahm. Auch der Esel trat nun unruhig auf der Stelle als wolle er Yara dazu antreiben, schnellstmöglich aufzubrechen.

Sie packte wieder ihre Sachen zusammen und lief los. Ganz ausgeruht fühlte sie sich nicht, dafür war die Rast zu kurz und der Schlaf zu unruhig gewesen. Aber sie musste weg hier. Sie hatte weniger Furcht vor den Schakalen als vor den zurückkehrenden Plotfahrern oder anderen Reisenden. Der Esel folgte ihr problemlos und Yara fragte sich langsam, ob er den Weg bereits kannte oder nur den Schakalen entfliehen wollte. Vielleicht wollte er aber einfach nur nicht allein sein. Yara hatte gedacht, ihr mache es nichts aus, allein durch die Wüste zu laufen, aber dennoch vermisste sie Xen und freute sich über die Gesellschaft des Esels. Ein Esel also als Weggefährte. Na ja, es hätte schlimmer kommen können. Sie hatte das Tier gern und er schien sich auch mit ihrer Gesellschaft zufrieden gegeben zu haben, obwohl er Toja verloren hatte. Wahrscheinlich war es dem Tier auch völlig egal, wer ihm Wasser und Futter gab. Aber das wollte Yara ungern glauben. Vielleicht sollte sie dem Esel einen richtigen Namen geben. Sie überlegte beim Laufen, aber es wollte ihr nichts Passendes einfallen.

Ein Stein kullerte ihr plötzlich vor die Füße und ließ sie stehen bleiben. Im fahlen Mondlicht erkannte sie, dass ihre Umgebung noch steiniger geworden war. Doch Steine rollten nicht von allein umher. Langsam bewegte sie sich nach rechts, um hinter einem großen Felsbrocken Deckung zu suchen. Der Esel folgte ihr, schnaubte aber laut. Sie drängte sich so dicht sie konnte an die kühle Steinwand und lauschte in die Dunkelheit. Eine Weile war es still, dann hörte sie wieder das rumpelnde Geräusch eines rollenden Steins. Es war kurz nach Neumond, weshalb Yara kaum etwas in der nächtlichen Dunkelheit erkennen konnte. Sie hatte fast gehofft, es wären Schakale, die es auf sie abgesehen hätten. Aber sie hatte seit einiger Zeit, kein Geheul mehr vernommen und der Esel war auch nicht unruhig geworden. Sie war sich fast sicher, dass hier Menschen waren. Und bestimmt hatten sie sie längst bemerkt, denn der Esel hatte mehrmals laut geschnaubt und ihre eigenen Schritte waren ebenfalls nicht sehr leise gewesen. Vielleicht waren es nur harmlose Reisende, wie sie selbst. Doch Yara hatte in der kurzen Zeit ihrer Reise bereits so viel erlebt, dass sie wenig darauf vertraute, dass irgendwer sie uneigennützig weiterziehen ließ. Einer Eingebung folgend, suchte sie in ihrem Rucksack den Kristallbohrer heraus und stopfte ihn sich in die große Tasche ihrer weiten Hose. In der anderen Hosentasche verstaute sie ein kleines Messer. Die Tunika würde die Hosentaschen verdecken. Ihr fiel die Halskette ein, die sie abnahm und ebenfalls in der Hosentasche verschwinden ließ. Wenn sie Glück hatte, würde Niemand sie für eine Wassergängerin halten. Dann schlug sie dem Esel ordentlich auf das Hinterteil, dass er laut wieherte und ein paar Meter davon lief. „Entschuldige, Esel!" flüsterte sie ihm nach. Sie kroch ein wenig aus der Deckung hervor, um zu sehen wo der Esel hinlief. Und tatsächlich, einen kurzen Augenblick später sah Yara zwei Schatten um den Esel schleichen. Sie schienen zu flüstern, Yara konnte zwar ihr Raunen aber keine genauen Worte hören. „Hey, wer bist du?" erklang es da dicht hinter ihr. Als die Wassergängerin sich umsah, blickte sie direkt in eine soeben eingeschaltete Kristalllampe und war so geblendet, dass sie überhaupt nichts mehr sah. Also gut, auf ein Neues, dachte sie weniger ängstlich als vielmehr resigniert.

VI. FREUNDSCHAFT

∞

Die Dunkelheit drohte über ihm zusammen zu brechen. Ein einziger Gedanke hielt die ewige Nacht noch von ihm fern. Yara. Hatte sie es mit Tojas Hilfe geschafft, ihren Vater zu finden? Oder in die Kristallstadt zu gelangen? Er hoffte und wünschte es sich so sehr, dass es fast schmerzte. Wie lange war er selbst schon hier gefangen? Tage, Wochen oder sogar Monate? Er wusste es nicht mehr, hatte jedes Zeitgefühl verloren. Xen hatte damit gerechnet, dass Miron ihn für seine Fluchthilfe bestrafen würde. Aber das seine Strafe so hart ausfallen würde, damit hatte er nicht gerechnet. Xen war früher schon von Miron bestraft worden, er kannte sich mit seinen Strafen aus. Anfangs musste er irgendwelche Dienste ausführen, wie die Sanitäranlagen säubern, dann hatte man ihn gefesselt und geschlagen oder was Miron besonders mochte war, ihn ohne Wasser irgendwo in der Wüste auszusetzen. Jedes Mal hatte er überlebt und war zurückgekommen. Er wusste selbst nicht warum. Wo sollte er auch hin? Es war ihm schon immer schwergefallen, sich an die Regeln der Unterwelt zu halten, aber diesmal hatte es Xen wohl zu weit getrieben. Miron hatte ihn einfach in die Dunkelheit verbannt und scheinbar vergessen. Er hätte Xen besser töten sollen. Aber ab und zu brachte ihm Jemand Wasser oder auch trockenes Brot, damit er nicht starb. Auch der Fäkalieneimer wurde regelmäßig geleert. Bisher hatte sein Lebenswille gesiegt, doch nun schwankte

Xen. Er hatte allerdings nichts in seiner Zelle, mit dem er seinem Leben ein Ende setzen konnte. Sie hatten ihm alles abgenommen, sogar seine Kleidung. Er hatte nur ein schmutziges Hemd behalten dürfen. Er durfte nicht aufgeben. Um ihretwillen. Der Hoffnungsfunke breitete sich in seinen Gedanken aus.

Er hatte Yara schnell verlassen wollen, um sich von den Unterweltlern zu verabschieden, zumindest von einigen. Ein sehr dummer Gedanke, wie sich später herausstellte. Doch sein Plan war es gewesen, zu Yara zurück zu kehren und sie auf ihrer Reise zu begleiten. Er hatte noch nie so gefühlt. Immer hatte er gedacht, die Unterwelt wäre sein Zuhause, hier gehöre er hin. Nur deshalb war er nach den Quälereien immer wieder zu Miron zurückgekehrt. Und natürlich wegen der Kristalle. Doch Yara stellte die Unterwelt in Frage und damit auch den Sinn seines Daseins. Sie stand für das, was er irgendwie schon immer wusste. Ein Ziel, für das es sich lohnte zu kämpfen und endlich die Unterwelt zu verlassen. Yara hatte dieses Ziel und er würde sich ihr anschließen. Sie hatte ihm nicht alles erzählt, dessen war er sich bewusst, aber das spielte auch keine Rolle. Er wollte sie beschützen, ihr helfen, ihr Partner sein. Wenn er denn irgendwann hier rauskäme. Yara hatte, ohne es zu wissen, Recht gehabt, es gab tatsächlich überall Kristalle und erst recht in der Kristallstadt. Er hätte sich niemals von Miron so lange unterdrücken lassen sollen. Er hätte mit Yara über seine Gedanken sprechen sollen aber die Angst, dass sie ihn nicht dabei haben wollte war zu groß. Das war wohl der größte Fehler gewesen. Letztendlich war es egal, ob Yara ihn dabeihaben wollte. Er fühlte einfach, dass es richtig war und wäre ihr auch ohne Einverständnis gefolgt. Wie lange nur würde Miron ihn hier festhalten? Er war jetzt schon ziemlich geschwächt und je länger er in der Dunkelheit hockte, desto schlechter wurde sein Zustand. Und zwar nicht nur körperlich. Xen hatte in den ersten Tagen sogar versucht, sich fit zu halten. Doch mit der immer länger anhaltenden Dunkelheit sanken auch seine Motivation und sein Mut. Immerhin versuchte er weiterhin seinen Geist fit zu halten, indem er sich dauernd Pläne überlegte, wie er Yara helfen konnte. Xen verdrängte dabei bewusst den Gedanken, dass er eigentlich selbst gerade Hilfe bräuchte. Ihn in der Dunkelheit weg zu sperren war das Schlimmste, was Miron ihm je angetan hatte. Doch sicher würde Xen auch dies überleben, wie er bisher alle Strafen überlebt hatte. Nur das diesmal etwas anders war. Wenn er hier rauskommen sollte, würde er abhauen und nicht mehr zurückkehren. Das hatte er sich in der Dunkelheit geschworen.

Ein Geräusch an der massiven Holztür seines Gefängnisses ließ ihn aufschrecken. Die Tür wurde geöffnet und Xen hörte zu seinem Erstaunen Marlos Stimme. Sehen konnte er ihn noch nicht, da er von dessen Kristalllampe geblendet wurde. „Hallo Xen. Wie geht's dir? Ich nehme an, dein Zimmer gefällt dir nicht sonderlich?" „Was willst du, Marlo? Schickt Miron dich?" Xen überlegte fieberhaft, ob er Marlo überrumpeln konnte, um dann hier abzuhauen. Als hätte Marlo seine Gedanken gelesen, zischte er: „Ich würde nicht mal im Traum daran denken, einen

Fluchtversuch zu wagen. Neben der Tür stehen Sica und Bren, du kennst sie." Ja, Xen kannte die beiden tatsächlich gut. Sie waren ebenfalls Kristalljäger, doch Bren war für seine Brutalität bekannt und Sica wollte einfach alles töten, was ihm vor die Armbrust kam. Resigniert schloss Xen die Augen, um dem stechenden Kristalllicht zu entgehen, das ihn immer noch blendete und in seinen Augen schmerzte. „Außerdem hat mein Vater beschlossen, dich hier raus zu lassen. Allerdings nicht gleich heute. Denn erst will ich dir noch etwas erzählen." Xens Interesse war geweckt und als er nichts sagte, fuhr Marlo fort. „Sica und Bren hatten einen Auftrag zu erledigen und sie sind heute erfolgreich zurückgekehrt. Es ging um deine kleine Freundin Yara. Du erinnerst dich? Die Wassergängerin, für die du deine Freiheit aufs Spiel gesetzt hast. Ich mochte sie fast ein bisschen. Schade, dass sie nicht bleiben wollte." Xen war vom Boden aufgesprungen, sofort stand Bren neben Marlo. „Was habt ihr getan?" stieß Xen fassungslos hervor. „Du weißt, dass wir Niemanden herumlaufen lassen können, der jemals die Unterweltstadt gesehen hat. Mein Vater gab den Auftrag, sie zu töten. Bren und Sica spürten sie in der roten Steinwüste auf. Und da Sica ein hervorragender Schütze ist, musste sie nicht lange leiden. Das wird dich sicher freuen." Marlo versuchte sich an einem gekünstelten Lachen als er plötzlich hustete und würgte, weil Xen pfeilschnell wieder aufgesprungen war und ihm die Kehle zudrückte. „Das ist nicht wahr, das habt ihr nicht getan. Sag es!" Bren hatte etwas zu langsam reagiert, doch jetzt schlug er Xen mit aller Kraft ins Gesicht, sodass er zu Boden ging. Marlo hatte zu husten aufgehört. „Es ist wahr, Xen. Yara ist tot. Da mein Vater davon ausgeht, dass du jetzt keinen Grund mehr hast zu fliehen, wird er dich morgen oder vielleicht übermorgen rauslassen. Komm Bren!" Bren trat dem am Boden liegenden Xen noch einmal mit voller Wucht in die Seite, dass er aufstöhnte und sich vor Schmerz krümmte. Er spürte eine warme Flüssigkeit aus seiner Nase laufen und sicher hatte Bren ihm gerade ein paar Rippen gebrochen, doch er gab noch nicht ganz auf. „Was habt ihr mit ihrem Kristallbohrer gemacht, Marlo?" Es kostete Xen alle Kraft, diese Frage zu stellen, aber es war äußerst wichtig. Marlo blieb tatsächlich an der Tür stehen und sagte: „Was hättest du denn damit schon anfangen können. Sie hatte ihn im Übrigen nicht mehr. Sica hat sie durchsucht, nachdem sein Pfeil sie getroffen hatte." Damit verließ er die Zelle und ließ Xen mit seinem Leid allein. Xen konnte noch zwei kurze, ihm Halt gebende Gedanken fassen, bevor ihn die Bewusstlosigkeit in eine andere, tiefere Dunkelheit hineinzog. Sica und Bren hatten Yara nie kennen gelernt. Und Yara würde niemals ohne ihren Kristallbohrer durch die Wüste wandern.

„Hör auf, mich zu schubsen!" maulte Yara. Man hatte ihre Hände gefesselt und sie gezwungen, mit den dunklen Kapuzentypen mit zu gehen. Deshalb sahen sie wie Schatten aus, dachte Yara. Diese Typen waren alle in schwarze Kapuzenumhänge gehüllt und nun brachten sie sie offensichtlich irgendwo hin. Hoffentlich taten sie dem Esel nichts. Yara musste trotz der ernsten Situation grinsen. Sie war von irgendwelchen dämlichen Schattenmännern gefangen worden und machte sich Sorgen um den Esel. Vielleicht war sie doch zu lange alleine durch die Wüste gewandert.

Sie waren zwar nicht weit, dafür aber um ein paar Felsgruppen gewandert. Bisher hatte keiner etwas zu ihr gesagt, bis auf die anfängliche Frage, wer sie sei. Yara hatte darauf nicht geantwortet. Außerdem wollte sie einen anderen Namen benutzen, falls diese Leute darauf aus waren, sie den Unterweltlern oder sonst wem auszuliefern. Es fiel ihr nicht leicht, aber sie würde sich als die tote Toja ausgeben. Toja war schließlich von Ilias aus ihrem Dienst als Wassergängerin entlassen worden. Das hieße zwar, die Schattentypen würden erfahren, dass sie eine Wassergängerin war aber wenigstens eine, die nicht gesucht und verfolgt wurde. „Setz dich dort und warte!" sagte einer der Männer zu Yara. Als sie nicht sofort reagierte, wurde sie unsanft geschubst, landete auf den Knien und schürfte sich die gefesselten Hände auf. „Idiot!" zischte Yara so leise zurück, dass der Mann es nicht hörte. Sie setzte sich schließlich auf den Hintern und sah sich um. Dieser Platz war wirklich gut ausgesucht. Von außen nicht zu sehen, da die Felsen die Sicht verhinderten und gut geschützt vor Stürmen. In der Mitte des Platzes brannte ein relativ kleines Feuer und an den Felswänden waren Dächer aus Stoffbahnen angebracht, die von Stangen gehalten wurden. Zelte konnte Yara keine entdecken. Den Esel hatten sie in einiger Entfernung mit einem Pflock im Boden fest gemacht. Es schien ihn nicht zu stören, denn er verhielt sich ruhig und kaute auf irgendetwas herum.

Yara hörte Schritte näherkommen und sah schließlich eine große Gestalt, ebenfalls in einen dunklen Umhang gehüllt. Der Mann setzte sich ihr gegenüber und nahm seine Kapuze ab. „Also, wer bist du?" „Warum willst du das wissen? Ist das hier so üblich, harmlose Frauen zu überfallen und fest zu halten?" Yara hatte eigentlich hilflos und verängstigt wirken wollen, aber es gelang ihr beim besten Willen nicht. Sie hatte genug davon, immer wieder von irgendwem festgehalten zu werden. War denn die ganze Welt so? „Ob du harmlos bist, werden wir noch sehen. Wir versuchen nur zu überleben und jeder der nicht glücklich und sorglos in einer Gemeinschaft lebt, sondern allein durch die Wüste wandert, stellt eine Gefahr für uns dar." Der Mann klang weder besonders freundlich noch bösartig. „Wer sagt denn, dass ich nicht in einer Gemeinschaft lebe und nur zu einem Auftrag in der Kristallstadt aufgebrochen bin?" „Also willst du in die Kristallstadt, ja? Und zu welcher Gemeinschaft gehörst du?" Verdammt, das hatte sie eigentlich nicht gleich verraten wollen. Offenbar war der Typ ein aufmerksamer Zuhörer. „Hör zu, wer immer ihr seid. Ich komme aus der Gemeinschaft von Ilias. Mehrere Tage nördlich von hier. Er hat mich aus der Gemeinschaft und seinen Diensten entlassen und nun möchte ich die große, weite Welt sehen." In das Gesicht des Mannes war ein misstrauischer Ausdruck getreten. „Was du erzählst klingt noch verrückter als ich gedacht hätte. Na ja, wir werden sehen." Yara fragte sich, was er denn sehen will als noch ein weiterer Mann auftauchte. „Aro, sieh mal, das haben wir in ihrem Rucksack gefunden." Er hielt die zwei gebogenen Drähte zum Wasser finden in der Hand und übergab sie Aro. „Na, wenn du keine Wassergängerin bist, dann bin ich ein Schakal. Oder hast du die etwa gestohlen?" fragte Aro mit einem fast gutmütigen Lächeln. Yara war darauf vorbereitet und hatte beschlossen, nicht nur Tojas Namen anzunehmen, sondern auch ihre Geschichte aufzutischen. „Wenn ich keine Wassergängerin wäre, wozu sollte ich dann die Drähte stehlen? Kein anderer kann damit etwas anfangen." Sie musste ihm ja nicht gleich alles erzählen. „Da magst du recht haben aber wir haben schon einiges erlebt. Also Wassergängerin, wie ist dein Name? Und warum hast du deine Gemeinschaft verlassen?" Yara erzählte ihm erstmal nur den letzten Teil von Tojas Geschichte, ausgenommen deren Tod natürlich. Die Liebesgeschichte zwischen Toja und Ilias und wo Toja eigentlich herkam musste Aro nicht unbedingt wissen. Yara fühlte sich sowieso schon ziemlich unwohl dabei, die Identität einer Toten zu stehlen. „Klingt interessant, Toja. Und nun, da du uns deinen Namen verraten hast, komm mit ans Feuer. Ich denke, deine Geschichte hat noch einige Lücken aber darum kümmern wir uns morgen. Erstmal kannst du dich ausruhen und etwas essen. Du verstehst sicherlich, dass wir dich noch nicht von deinen Fesseln befreien können." Das verstand sie ganz und gar nicht, wollte aber nicht wieder so feindlich sein. Zu fliehen wäre ihr sowieso nicht möglich gewesen, da diese Typen sich sicherlich besser in diesem Gebiet auskannten.

In der Nähe des Feuers konnte Yara auch mehr von ihrer Umgebung erkennen. Soweit sie es sah, waren es nur drei Männer, einschließlich Aro und eine Frau. Sie hatten provisorische Schlaflager unter den Stoffdächern errichtet. Was hatten die hier eigentlich zu suchen? Da sie nichts zu verlieren hatte, beschloss Yara zu fragen. „Was tut ihr hier eigentlich mitten im Nichts? Wo gehört ihr hin?" Aro sah erst Yara, dann die Frau an, sie saß vom Feuer etwas weiter weg. „Nilana, willst du das beantworten?" fragte Aro sie. Die Frau kam näher ans Feuer, Yara konnte ein schmales Gesicht, dunkle Haare und dunkle Augen erkennen, sie hatte ihre Kapuze bereits abgesetzt. „Die wenigen Menschen, die du hier siehst, gehören keiner Gemeinschaft an. Wir sind alle frei und haben beschlossen auch so zu leben. Die meisten verstehen es nicht, deshalb halten wir uns von den Gemeinschaften fern und bleiben selten lange an einem Ort." Yara war verblüfft und fühlte sofort Sympathie für diese Menschen. „Aber wovon lebt ihr? Ihr könnt nichts anbauen oder so." Das war eine naive Frage, das war Yara bewusst, aber sie konnte es sich absolut nicht vorstellen. „Wir überfallen Reisende und klauen deren Proviant." Aro lachte schallend und Yara begriff, dass er einen Scherz gemacht hatte - auf ihre Kosten. „Sehr witzig!" zischte sie. „Na gut, im Ernst." Aro lachte immer noch. „Wir sind alle gute Jäger und Nilana weiß, welche Sträucher, Kakteen und Bäume wann Früchte tragen und wir sie essen können." Immer noch verblüfft, den Scherz hatte sie schon wieder vergessen, fragte Yara weiter. „Aber wie findet ihr Wasser?" Es war Aros Gesicht anzusehen, dass er

schon wieder einen Scherz über gefangene Wassergänger machen wollte, doch er besann sich eines Bes-
seren. „Wir rasten nur dort, wo wir auch Nahrung
finden. Damit gehen wir sicher, dass sich Wasser
nahe unter der Oberfläche befindet und dann bohren
wir an verschiedenen Stellen, bis wir es gefunden haben." Das machte Yara nun doch sprachlos. Es gab
also tatsächlich Menschen, die nicht in einer Gemeinschaft leben mussten. Bent und Palo hätte das sicher
gefallen. Wenn sie jemals die Oase finden sollte,
würde sie gerne solche Menschen wie Aro oder Nilana dabeihaben. Menschen, die sich nicht diesem Re-
gelwerk einer Gemeinschaft unterwarfen. Sicher war
es gut, Regeln zu haben, aber es war ihrer Meinung
nach nicht richtig, wenn der eine davon profitierte
und andere litten. Sie dachte an Toma aus ihrer alten
Gemeinschaft, der sich aufführte als sei er der Herr-
scher der Wüste. Und Palo der Wassergänger, der
nichts in seinem Leben selbst entscheiden durfte, damit er immer der Gemeinschaft zur Verfügung stand.
Sie selbst hatte auch nichts entscheiden dürfen. Sie
hatte Näherin werden müssen, wie ihre Mutter es
war. Was, wenn sie viel lieber am Wall mitgebaut
hätte? Gut, sie hatte sich den Regeln dennoch entzo-
gen, da sie nun mal eine Wassergängerin war und es
der Gemeinschaft verschwiegen hatte. Wollte sie
denn überhaupt eine Wassergängerin sein? Diese
Frage hatte sich Yara noch nie gestellt. Jedenfalls
konnte sie es sich nicht vorstellen zu leben, ohne die
Ruhe und Kraft des Wasser zu spüren. „Ich würde zu
gerne wissen, was hinter deinen hübschen Augen
vorgeht, Toja." Toja? Ach ja, sie war Toja. Aro sah sie

durchdringend an. „Vielleicht solltest du etwas ruhen, Nilana wird dir eine Decke bringen." Yara legte sich auf die Seite und ließ sich von der Wärme des Feuers einlullen. „Ich habe eine Decke in meinem Rucksack." rief sie Nilana noch hinterher, bevor ihr die Augen zufielen.

Am Morgen fühlte Yara sich steif und ausgekühlt. Die Decke lag neben ihr, sie hatte sich wegen der Fesseln nicht richtig darin einwickeln können und das Feuer gab kaum mehr Wärme ab, da es nur noch glühte.

„Hey, also ich müsste mich mal frisch machen und so." rief Yara zu niemanden Bestimmtes. Sie sah Nilana, die etwas unter einem der Dächer herum räumte und den Esel, der etwas Grünes futterte. Von den anderen keine Spur. Nilana hatte Yaras Bitte gehört und winkte sie zu sich. „Wenn du um diesen kleinen Felsen herum gehst, bist du ungestört. Waschen kannst du dich hier." Sie deutete auf einen kleinen Eimer mit einer Wasserpfütze darin. „Äh Nilana, wie soll ich denn mit den Fesseln…" Yara hielt ihr die zusammen gebundenen Hände hin. „Tut mir leid, das muss warten bis Aro wieder hier ist." Nilana zuckte bedauernd die Schultern und Yara ging hinter den Felsen. Sie nutzte den Augenblick der Abgeschiedenheit und spürte dem Wasser nach. Aro hatte recht gehabt, hier gab es viele kleine Wasseradern, die nicht tief lagen. Sie konnte sogar ein größeres Wasserreservoir in der

Nähe spüren. Vielleicht konnte sie Aro darauf aufmerksam machen. Sie wäre nie darauf gekommen, dass Menschen auch ohne die Hilfe von Wassergängern Wasser finden konnten. Aber anscheinend genügte nur gesunder Menschenverstand und der Wunsch nach Freiheit. Da Yara keine Lust hatte sofort wieder zurück zu kehren, sah sie sich weiter um und kletterte ein wenig zwischen den Felsen herum. Weit würde sie mit den gefesselten Händen nicht kommen, aber sie hatte auch nicht vor zu fliehen. Noch nicht jedenfalls.

Zu ihrer linken hörte sie Stimmen und beschloss ihnen zu folgen. Sie glaubte, Aros tiefe Stimme heraus zu hören. Oberhalb eines Felsens wollte Yara sich gerade ducken als sie auf einen losen Stein trat und hilflos den Felsen hinunter kullerte und direkt vor Aro liegen blieb. Verdammte Fesseln. „Na, wen haben wir denn hier? Bist du aufgewacht und wolltest direkt flüchten? Das hätte ich eigentlich nicht vermutet, aber man kann ja in keinen Menschen hineinschauen." Dafür, dass er dachte sie wolle abhauen, klang seine Stimme erstaunlich freundlich. „Hast du gedacht, ich würde mit gefesselten Händen abhauen wollen? Ich hab eure Stimmen gehört und wollte nur mal sehen, was los ist." Yara traute tatsächlich ihren Augen kaum. Aber sie wusste besser als jeder andere der Anwesenden, dass das hier echt war, sie hatte es vorhin gespürt. Nur hatte sie nicht gespürt, dass das Wasser oberirdisch war. Sie war in einer Senke gelandet und ihre Kleidung war nun schlammbedeckt, da hier überall der Boden feucht war. In der Mitte der Senke lag ein kleiner See. „Wie ist das möglich?" Aro half ihr auf die Beine und Yara schrie schmerzerfüllt auf als sie versuchte, mit dem rechten Bein aufzutreten. Sie hoffte, dass sie sich bei ihrem Sturz nichts gebrochen hatte, aber es fühlte sich nicht gut an. Auch ihre rechte Seite, wo sie den Kristallbohrer versteckte schmerzte. Er hatte sich wahrscheinlich ein kleines Stück in ihre Rippen gebohrt, da sie ihn mit der Spitze nach oben verstaut hatte. Sie fühlte warmes, klebriges Blut an sich herunterlaufen. „Dann bekommt ihr hier also euer Wasser her. Und was ist mit dem, was du gestern erzählt hast? Das ihr an verschiedenen Stellen bohren müsst und so?" Yaras Stimme klang keuchend. „Das müssen wir sonst auch aber eben nicht hier. Wir haben Glück gehabt und diesen kleinen See gefunden. Dazu lockt er auch noch jede Menge Tiere an, das erleichtert uns sehr die Jagd." Aro lachte wieder. „Also könntest du mich vielleicht mal losbinden, Aro? Ich habe wirklich nicht vor abzuhauen. Und selbst wenn, was kümmert es dich überhaupt?" „Ich schätze, du bist im Moment sowieso nicht in der Lage, weit zu kommen. Ich meine mit deinem verletzten Bein." Aro hatte natürlich Yaras Schmerzen beim Auftreten bemerkt, holte ein breites Messer unter seinem Umhang hervor und schnitt die Fesseln durch. Die beiden anderen Männer füllten je zwei Eimer mit dem Seewasser. Aro wandte sich bereits zum Gehen, doch Yara konnte sich von dem Anblick gar nicht losreißen. Erst die Quelle in der Nähe ihrer alten Gemeinschaft und jetzt sogar ein richtiger See. Wie viele oberirdische Gewässer gab es noch? In ihrem Bauch flogen gefühlt Schmetterlinge auf und ab, es war wie ein Zeichen.

Sie war auf dem richtigen Weg. Sie würde die Oase finden.

Nilana hatte das Feuer wieder entfacht und so etwas wie ein Frühstück zubereitet. Es bestand aus einer Art Früchtebrei und schmeckte erstaunlich gut, dazu gab es Tee. „Warum lebt ihr nicht mehr in einer Gemeinschaft? Seid ihr alle aus der gleichen Gemeinschaft?" fragte Yara Nilana. Nilana brauchte eine Weile, bis sie antwortete. Fast bereute es Yara schon, dass sie gefragt hatte. Doch dann sah sie Yara mit festem Blick an. „Aro und ich sind aus einer Gemeinschaft. Er war Jäger und ich war dem Wassergänger versprochen." Oh, da waren sie wieder, diese dämlichen Regeln. „Unser oberster Verwalter ließ nicht mit sich reden. Aber ich wollte nur Aro und er wollte nur mich. Also sind wir geflohen. Ich weiß gar nicht, wie lange das schon her ist." Nilana sah Yara mit einem traurigen Blick an. „Doch unsere Liebe und Freiheit haben ihren Preis. Nicht immer haben wir das Glück, Wasser zu finden oder auch Nahrung." „Aber ich würde um nichts in der Welt wieder zurückkehren." Aro hatte sich in das Gespräch eingebracht und sah Nilana mit einem liebevollen Blick an. Sie erwiderte seinen Blick mit einem Lächeln. „Wie habt ihr die beiden anderen getroffen?" fragte Yara weiter. Aro übernahm das antworten. „Nilana und ich hatten lange kein Wasser und keine Nahrung gefunden. Wir irrten halb verdurstet durch die Wüste. Jon und Kenan sind beide auf der Jagd gewesen als sie uns fanden. Sie sind Brüder, Kenan, der Jüngere von Beiden hätte gar nicht auf die Welt kommen dürfen und deshalb hatte er nur Probleme in seiner Gemeinschaft." „Hey Aro, plauderst du gerade unsere Lebensgeschichte aus?" Die Brüder waren mit den Wassereimern zurückgekehrt. Kenan hatte sich mit in die Frühstücksrunde gesetzt. „Wir wollten schon lange abhauen. Wir wussten bloß nicht wohin, bis wir dieses halb verhungerte Liebespaar trafen." Yara spürte die tiefe Freundschaft, die die vier Menschen verband. So etwas hatte sie selbst nie kennen gelernt und sie sehnte sich plötzlich danach, irgendwo dazuzugehören. „Na jedenfalls hatten wir Erbarmen mit den Beiden hier und beschlossen dann, gemeinsam loszuziehen. Warum schließt du dich uns nicht an, Toja?" Yara ließ vor Schreck ihren Becher fallen und der heiße Tee ergoss sich auf ihre Hose. Kenan sah zu Aro hinüber, der kaum merklich nickte. „Überleg es dir, Toja! Du kannst, wie es aussieht, sowieso mit deinem verletzten Fuß erstmal nicht weg." Zwar hatte Yara eben noch den Wunsch gehegt, irgendwo dazu zu gehören, doch jetzt wollte sie so schnell wie möglich weg. Sie mochte diese Leute und wollte sie nicht länger belügen. Sie konnte nicht hierbleiben. Vielleicht könnte sie auf dem Esel reiten, wenn sie nicht laufen konnte. „Komm, ich sehe mir mal deinen Fuß an." sagte Nilana sanft. Sie hatte wahrscheinlich Yaras inneren Konflikt ihrem Minenspiel angesehen.

Yaras rechter Fuß war stark angeschwollen und schmerzte. „Ich glaube nicht, das etwas gebrochen ist. Aber du solltest ihn schonen, bis die Schwellung abgeklungen ist." Nilana hatte fachkundig ihre Fuß abgetastet als hätte sie das schon Hundert Mal getan. Sie hatte ein langes Stück Stoff in den Wassereimer getunkt und wickelte dieses nun um Yaras Fuß. „Bitte bleib so lange bei uns Toja. Danach kannst du selbstverständlich gehen. Auch wenn ich es schön fände, wenn du bei uns bleiben würdest." sagte Nilana fast ein wenig schüchtern und Yara fühlte einen Kloß im Hals. Wie konnte sie diese Menschen nach so kurzer Zeit schon so ins Herz geschlossen haben. Und schließlich hatten sie sie gefesselt und quasi entführt. Dennoch waren sie warmherzig und ehrlich, das konnte Yara deutlich spüren. „Nilana, ich würde so gerne bei euch bleiben, aber ich kann nicht. Es tut mir leid." Yara sprach leise und mit belegter Stimme. Die Worte fielen ihr schwer, obwohl sie ernst gemeint waren. „Ich weiß, dass du uns nicht alles gesagt hast. Aber das ist auch nicht wichtig. Ich fühle, dass du ein guter Mensch bist, Toja. Ich hoffe, du findest deinen Weg." Betreten sah Yara zu Boden. Sie war ganz und gar kein guter Mensch. Sie hatte gelogen und gestohlen und lief ganz egoistisch ihren eigenen Träumen hinterher. Sie könnte bei diesen Menschen bleiben und ihnen helfen. Mit ihr würden sie immer Wasser finden und damit auch Nahrung.

„Was hast du da?" fragte Nilana und zeigte auf Yaras rechte Seite. Als Yara dort ebenfalls hinsah, erkannte sie einen dunkelroten bis braunen Fleck, der sich langsam ausbreitete. „Ach nichts, es ist wohl nur vom Sturz. Kannst du mir noch einen Stoffstreifen geben?" Nilana gab ihr das Stück Stoff und ließ sie mit einem argwöhnischen Blick allein. Yaras Herz wurde schwer, auch die anderen ließen Yara vorerst in

Ruhe. Yara humpelte mit ihrem verbundenen Fuß ein Stück abseits, setzte sich auf den harten Boden und versuchte sich die Rippen mit dem Stoff zu verbinden. Sie wollte nicht, dass die anderen den Kristallbohrer sahen.

Xen hatte sich verändert. Er hatte, nach dem ihn Marlo in der Zelle besucht hatte, noch drei weitere Tage in der dunklen Gefangenschaft ausharren müssen, bis ihn Nida abholte und in sein eigenes Zimmer brachte. Er hatte weitere drei Tage gebraucht, um sich zu erholen und überhaupt sein Zimmer zu verlassen. Er war blass, abgemagert und ausgezehrt. Mirons Leuten gegenüber benahm er sich fast unterwürfig, tat alles was ihm aufgetragen wurde. Natürlich durfte er nicht mehr raus und Kristalle suchen. Seine Aufgaben beschränkten sich jetzt auf das Sauberhalten und die Wartung der Sanitäranlagen. Er war dem dicken Chari unterstellt, der ihn piesackte wo er nur konnte. „Jetzt bist du nichts Besonderes mehr. Vor den Latrinen sind wir alle gleich." Chari lachte dabei laut und sein dicker Bauch wabbelte. Es war Charis Lieblingsspruch, wenn er Xen dazu verdonnerte, die stinkenden Löcher mit frischem Sand aufzufüllen. Xen war es egal. Er hatte das früher schon tun müssen, wenn Miron ihn dazu gezwungen hatte, weil er wieder Mist gebaut hatte. Er hatte sich dann immer gefragt, wie Chari so fett werden konnte, wenn doch alle das Gleiche zu essen bekamen. Jetzt war Chari trotz seiner Fettleibigkeit einer der Ältesten in der Gemeinschaft und piesackte Xen immer noch als wäre er ein kleiner Junge.

Von außen wirkte Xen vielleicht gefügig und unterwürfig, doch in seinem Inneren brodelte ein Vulkan. Er wurde von einem Gedanken angefeuert. Yara hätte niemals ihren Kristallbohrer verloren oder freiwillig irgendwem überlassen. Sica und Bren hatten keinen Bohrer bei der Frau, die sie getötet hatten, gefunden. Es konnte also nicht Yara sein. Es durfte nicht Yara sein. Dieser Gedanke hielt ihn am Leben, ließ ihn all diese Qualen aushalten. Dabei war die Arbeit nicht mal das Schlimmste, auch nicht Charis Sticheleien. Das Quälendste war, das Xen seit einer Ewigkeit kein Sonnenlicht gesehen hatte. Doch durch sein gefügiges Verhalten, witterte Niemand Verdacht, wenn er sich hier und da mit Leuten unterhielt und sich vermeintlich anfreundete. Er wollte versuchen, wenigstens ein paar Minuten am Tag an die Felder zu gelangen und somit etwas Sonnenlicht zu tanken. Er hatte zu wenige echte Freunde, die ihm dabei helfen konnten. Wenn er keinen Latrinendienst hatte, trieb er sich in den Küchenräumen rum, denn Han und Leni waren dort eingeteilt und die Einzigen, denen er vertraute. Wegen ihnen war er zurückgekommen, um sich zu verabschieden. Die Beiden waren auch die Einzigen die versuchten, ihm zu helfen gesund zu werden. Xen sprach nie über seinen Plan aber zumindest Leni wusste Bescheid. Sie konnte es ihm ansehen, Xen und Leni waren hier zusammen aufgewachsen und früher unzertrennlich gewesen. Bis Leni mit

Han zusammengekommen war und Xen Kristalljäger wurde. Die Freundschaft war geblieben.

Miron hatte ihm nie wirklich erklärt, wie er hierhergekommen war. Er wusste zwar, dass er nicht in der Unterweltstadt geboren war, doch wer seine Eltern waren oder wer ihn hierhergebracht hatte, wusste er nicht. Er hatte sich schon oft gefragt, warum Miron ihn nicht einfach rausgeworfen hatte, er schien Xen schließlich zu verachten. Klar er war der beste Kristalljäger, doch wie er die Kristalle fand, wusste Miron nicht. Xen hatte früh bemerkt, dass etwas bei ihm anders war, doch er hatte es immer für sich behalten, er hatte sich schon ausgeschlossen genug gefühlt.

Jetzt hatte er die gesamte Unterweltstadt zu hassen gelernt und würde sie, sobald er bei Kräften war, verlassen. Wie hatte er jemals denken können, dieses Loch sei sein Zuhause? Er würde sich Sonnenlicht holen und in seinem Zimmer jeden Tag Übungen zum Muskelaufbau absolvieren und von Leni und Han gutes Essen bekommen. Es würde nicht mehr lange dauern und dann würde Xen sich endlich auf die Suche nach Yara machen können. Er lächelte seit langer Zeit wieder. Aber es war nicht das frühere, fröhliches Lächeln, sondern es hatte etwas grimmiges, entschlossenes an sich.

Yara hatte umständlich ihre schmerzenden Rippen verbunden und sich überzeugt, dass der Kristallbohrer noch in Ordnung war. Der hatte natürlich keinen Kratzer abbekommen, es war schließlich Metall aus der alten Welt und bohrte sich in steinharten Boden, wenn es sein musste. Sorgfältig hatte sie die Spitze mit einem weiteren Stofffetzen umwickelt, um nicht noch einmal so verletzt zu werden.

Sie sehnte sich nach der Kraft des Wassers und versuchte sich zu fokussieren. Yara hatte sich zudem gefragt, warum sie vorhin nicht gespürt hatte, dass das Wasser oberirdisch verlief. Sie wollte es unbedingt herausfinden und versuchte die feinen Unterschiede mit ihrem Geist zu erkennen. Tatsächlich fand sie etwas, das ihr half, die verschiedenen Strukturen der Umgebung des Wassers zu sehen. Es fühlte sich wesentlich kühler an, wenn das Wasser an die Oberfläche trat und je tiefer es lag, desto wärmer wurde es. Das war ihr vorher noch nie aufgefallen. Sie hatte es unbewusst hingenommen, aber nun half ihr das Bewusstmachen dieses Umstands, noch besser mit ihrer Gabe umzugehen. Bei der Initiation mit Toja hatte sie ebenfalls irgendetwas mit dem Wasser gemacht. Aber dieser Sache kam sie einfach nicht auf den Grund. Yara hatte keine Ahnung, was da eigentlich passiert war. Die Gedanken kamen und gingen, während die Wassergängerin in der Abgeschiedenheit saß. Im nächsten Augenblick öffnete sie die Augen und wusste, was sie zu tun hatte.

„Nilana, weißt du wo Aro ist?" Yara war so schnell sie konnte, zu ihr rüber gehumpelt. Nilana saß unter einem der Stoffdächer und besserte Kleidung aus. „Aro müsste mit den anderen beim See sein. Sie wollen dort jagen. Warum fragst du, Toja? Was ist los?" Yara rief ihr nur eine unbestimmte Antwort zu, sie hatte sich schon während Nilana noch redete, zum Gehen gewandt und humpelte nun in Richtung See. Sie fand Aro mit den Brüdern hinter einer Felsnische auf der Lauer liegend. Da keine Beute in Sicht war, redete Yara einfach drauf los. „Aro, ich muss dich sprechen. Es ist dringend!" Yaras Stimme hatte etwas drängendes, sie war aufgeregt und wollte unbedingt Aro von ihrer Idee überzeugen. Aro kam ihr tatsächlich neugierig hinterher und wies die Brüder an, weiter nach Beute Ausschau zu halten. „Also, Toja. Was ist so wichtig, dass du mich von der Jagd abhältst?" Sie waren ein Stück gegangen, Yara blieb mit Aro stehen als sie dachte, sie hätten genug Abstand zu den anderen. „Als ob ihr gerade fette Beute in Aussicht hattet." lachte Yara. Schnell wurde sie wieder ernst. „Aro, du weißt, dass ich eine Wassergängerin bin. Aber ich kann nicht hier bei euch bleiben. Es geht einfach nicht. Bitte frag mich nicht warum. Dennoch möchte ich euch mit meiner Gabe helfen. Vertrau mir einfach!" Yara erzählte ihm von ihrer Idee und dass sie überzeugt war, es könne funktionieren. Aro war ziemlich skeptisch, willigte aber ein, es zu probieren.

Sie bat Aro, ihre Drähte zu holen und sie zu einer ebenen Fläche zu führen. Dann setzte sie sich hin und fühlte den Wasseradern nach, Aro ließ sie neben sich warten. Als Yara schließlich die Augen wieder öffnete, erklärte sie ihm, wie sie das Wasser fand. Es würde ihm bei der Suche zwar nicht helfen aber schaden konnte es sicherlich nicht. Sie erklärte ihm weiter, wozu die Drähte da waren und das Wassergänger normalerweise diese dazu nutzten, die genaue Position des Wassers zu finden. „Aber ich verstehe es nicht, Toja. Du scheinst diese Drähte nicht zu benötigen. Warum nicht?" Aro hatte ihr geduldig zugehört und wie immer war er sehr aufmerksam dabei. „Das weiß ich tatsächlich nicht, Aro. Ich brauche sie seit meiner Jugend nicht mehr. Als Kind habe ich mir diese Drähte zusammen geklaubt aus altem Zaundraht in meiner Gemeinschaft. Sie halfen mir anfangs, doch dann merkte ich, dass ich sie gar nicht brauche. Und so ist es eben immer noch." Sie verschwieg Aro allerdings, dass sie sogar die Tiefe und den Umfang einer Wasserader erkennen konnte, auch dass sie dazu imstande war, der Ader über eine bestimmte Entfernung zu folgen. So hatte sie die Berechnungen für Ilias machen können. „Komm nun!" sagte sie leise zu Aro. Es war Zeit für einen Versuch. Sie gab Aro die Drähte und legte sie ihm richtig in die Hände. „Schließe deine Augen und spüre das Gewicht der Drähte. Bewege sie vorsichtig hin und her und wenn du das Gefühl hast, die Drähte liegen wieder ruhig und locker in deiner Hand, kannst du die Augen öffnen." Aro hielt eine Weile die Augen geschlossen und bewegte die Drähte vorsichtig in der Hand. Als er die Augen wieder öffnete lagen die Drähte ruhig in seinen Händen. Er folgte Yaras Anweisungen, langsam über die Ebene zu gehen und auf die Drähte zu achten. Sie hatte ihm vorher erklärt, wie sie funktionierten. Und tatsächlich, nachdem Aro eine Weile langsam umhergegangen war, schlugen die Drähte in seinen Händen aus. „Toja! Toja, sieh nur!" rief er aufgeregt. „Es funktioniert!" Einen so schnellen Erfolg hatte auch Yara nicht vermutet, doch sie hatte Aro richtig eingeschätzt. Er war sensibel und aufmerksam. Sie freute sich mit ihm. „Komm, wir probieren es auch an einer anderen Stelle!" Auch beim zweiten Mal fand Aro relativ schnell das Wasser. „Toja, die Drähte sind ja schön und gut, aber ehrlich gesagt, möchte ich es ganz genau wissen. Also werden wir an der Stelle bohren, wo die Drähte ausgeschlagen haben." Yara lachte. „Tu, was du nicht lassen kannst, Aro. Aber ich werde mich jetzt ein wenig ausruhen." Langsam, um Yaras Fuß nicht zu sehr zu beanspruchen, gingen sie zurück. Kenan und Jon waren ebenfalls mit einer fetten Schlange als Beute zurückgekehrt. „Was habt ihr zwei denn getrieben?" wollte Jon von Aro wissen. Yara sah zu Nilana aber diese schien keinerlei Bedenken zu haben, dass Yara mit ihrem Liebsten offenbar ein Geheimnis teilte. „Kommt, setzt euch! Wir haben etwas zu besprechen." Aro sah dabei Yara mit einem unergründlichen Blick an.

Das Feuer hatte Nilana bereits geschürt, die Schlange musste aber noch ein wenig auf ihre Verarbeitung warten. Sie goss allen ein Becher Wasser ein und sobald sie saßen, ergriff Aro das Wort. „Unsere neue Freundin hier, hat mir eben etwas Wunderbares gezeigt. Wir werden nachher sehen, ob es echt war. Doch jetzt wollte sie uns gerne etwas mitteilen." Aro sah fragend zu Yara. „Aro, ich verstehe nicht. Was meinst du?" Verwirrt blickte Yara erst Aro, dann die anderen nacheinander an. „Ich dachte, du wolltest

uns vielleicht mitteilen, wie dein richtiger Name ist."
sagte Aro leise und blickte Yara durchdringend an.
Sie hätte es wissen müssen. Aro war der aufmerk-
samste Mensch, dem sie je begegnet war. Wie hatte
sie nur denken können, er würde es nicht merken,
wenn sie ihm etwas vormachte. Mit einem betreten-
den Blick sah Yara zu Boden und gab schließlich ihren richtigen Namen preis. „Es tut mir leid. Auch ich
bin aus einer Gemeinschaft geflohen, wie ihr. Ich
konnte Niemandem trauen, auch euch nicht. Doch
das hat sich geändert, bitte glaubt mir." Sie war so
beschämt, dass sie nicht mal aufschauen konnte.
„Yara oder Toja. Hört sich doch fast gleich an. Mir ist
egal wie du heißt aber schön, dass wir es jetzt wissen.
Hauptsache, du fühlst dich auch angesprochen,
wenn wir dich ab jetzt Yara rufen." Kenan lachte laut
und als Yara aufsah, lächelten auch die anderen.
Diese Menschen waren unglaublich, dachte Yara. Sie
hatte sie hintergangen und sie hatten ihr einfach verziehen. „Gut, da wir das nun geklärt hätten, möchte
ich euch erzählen, was Yara…" Aro betonte ihren Namen überdeutlich „…mir vorhin gezeigt hat.

Keiner hatte es glauben wollen. Aber Aro hatte
schließlich einen Bohrer an die Stelle bringen lassen.
Yara hatte sich schon gefragt, wie sie eigentlich an
das Wasser kamen und jetzt konnte sie es tatsächlich
miterleben. Die Brüder benutzten einen Bohrer, den
Yara auch aus ihrer Gemeinschaft kannte. Er hatte
etwa eine Armlänge und war so dick wie ein kräftiger
Oberschenkel. Allerdings hatte Yara nie gesehen, wie

man damit Wasser förderte, denn in den Gemeinschaften hatte es große Brunnenanlagen gegeben. Jetzt sah sie sich das genauer an und stellte fest, dass der Bohrkopf, genau wie ihr kleiner Kristallbohrer, feine Filterlöcher hatte. Er war zudem viel dicker, weshalb man den Bohrer nicht einfach in die Erde rammen konnte. Jon und Kenan drehten ihn an Griffen in den Boden und Jon drückte, als der Bohrer tief genug war, einen Schalter. Oben am Rand waren mehrere kleine Kristalle befestigt, die kurz aufglimmten als das innere des Bohrers sich weiter in die Tiefe drehte. „Wir kommen damit ungefähr sechs Längen in die Tiefe. Meinst du das reicht, Yara?" „Ja schon aber, äh, wie holt ihr das Wasser hoch?" fragte Yara verwirrt. Nilana hatte einen schmalen, langen Metalleimer, dessen Henkel an einem aufgerollten Draht befestigt war. Sie reichte den Eimer an Yara weiter. Die ließ ihn fast fallen, weil sie nicht mit solch einem Gewicht gerechnet hat. „Da ist etwas." sagte Jon verblüfft und drückte erneut den Schalter am Bohrer. „Gib mir den Eimer, Yara!" Der Bohrer war innen hohl und der kleine Eimer passte perfekt in Öffnung. Jon ließ ihn vorsichtig hinunter, wartete eine Weile und zog ihn dann wieder herauf. „Ich glaub's nicht. Es stimmt, wir haben Wasser." Alle jubelten und Nilana fragte Aro ungläubig: „Und das hast du allein gefunden, Aro?" Aro drückte sie als Antwort fest an sich und Yara freute sich ehrlich für die vier Menschen.

Den ganzen Tag probierten sie es weiter und jedes Mal gelang es Aro, Wasser zu finden. Irgendwann protestierten die Brüder, dass sie keine Kraft mehr hatten, den Bohrer zu bedienen, aber da war es auch schon Abend geworden. Die Dunkelheit milderte ein wenig die helle Freude der kleinen Gruppe und Yara wurde wieder nachdenklich. Wenn jeder Wasser finden konnte, wieso mussten dann die Wassergänger fast in Gefangenschaft leben? Oder konnten doch nur bestimmte Menschen mit den Drähten umgehen? Yara wusste, dass früher auch andere Gegenstände, wie Holzruten und Pendel zum Wasserfinden benutzt wurden aber ob jeder es konnte, wusste sie nicht. „Könnt ihr mir vielleicht einen Gefallen tun?" fragte Yara leise in die Runde. Alle Aufmerksamkeit gehörte ihr, sie war ihre Retterin der Zukunft und alle waren ihr dankbar. „Könntet ihr alle es mal probieren? Ich meine Wasser finden, so wie Aro." „Du glaubst, wir können das alle?" fragte Kenan erstaunt. „Na ja, ich weiß nicht aber einen Versuch wäre es wert, oder? Vielleicht wird Aro mal verletzt oder so. Das will ich natürlich nicht hoffen, aber sicher wäre es gut, wenn noch einer es könnte." „Ja, das macht Sinn." sagte Aro. „Aber heute wohl nicht mehr. Wir werden morgen weitersehen. Jetzt schlaft erstmal gut!"

Es stellte sich am nächsten Tag heraus, dass Nilana ebenfalls Wasser finden konnte aber die Brüder schafften es nicht. Jon warf die Drähte schließlich entnervt von sich. „So ein Mist, wie macht ihr das nur?" „Ach Jon, du bist einfach zu unsensibel." lachte Nilana. „Beim Jagen kannst du stundenlang ruhig sitzen und auf Beute warten, brauchst aber nur deine Augen und Ohren dafür. Hier ist es eben anders." So ging es noch eine Weile weiter, sie neckten sich liebevoll, aber es blieb dabei. Die Brüder schafften es beide nicht, während Nilana jedes Mal auf Wasser stieß. Yara quälte sich erneut mit ihrem schlechten Gewissen. Sie hätte ihnen den kleinen Kristallbohrer zur Verfügung stellen können, doch so mussten sie bei jedem Verdacht auf Wasser den großen Bohrer nutzen. Aber einem Gefühl folgend, behielt sie dieses Geheimnis für sich. Am Ende sah eine große Fläche der Ebene aus als hätte es große Steine geregnet, die diese riesigen Löcher hinterlassen hatten. Aber am nächsten Tag war der Sandboden nachgerutscht und es war kaum mehr etwas von den Löchern zu erkennen.

Yaras genoss die Zeit mit Aro und seinen Gefährten, ihr Fuß hatte sich mittlerweile erholt und sie dachte daran, die Gruppe zu verlassen. Sie wusste nur nicht, wie sie es anstellen sollte. Sie hatte sich noch nie richtig verabschiedet, sie war bisher immer geflüchtet. Aro kam ihr glücklicherweise zu Hilfe. Sie saßen abends am Feuer als er es ansprach. „Yara, wir sind schon eine ganze Weile am selben Ort. Du weißt, dass wir immer weiterziehen. Auch dieses Mal werden wir das tun. Wir haben noch zwei, drei Tage, dann packen wir zusammen. Wir werden nach Osten gehen, da treffen wir vielleicht auf nur wenige Gemeinschaften, wenn überhaupt. Du wirst nicht mit uns kommen, habe ich recht?" Yara nickte und sah die anderen an. „Ich würde gern mit euch reisen, aber ich kann nicht. Ich habe eine Aufgabe, ich muss etwas finden, deshalb bin ich von meiner Gemeinschaft geflohen." „Yara, du hast uns soviel geschenkt. Es ist schade, dass du uns nicht begleitest aber für uns war es eigentlich klar. Also mach dir nichts draus, wir werden jetzt Wasser finden können und du wirst sicherlich auch das finden, was du suchst." Nilana hatte für alle gesprochen, scheinbar hatten sie schon darüber geredet. Dankbar sah Yara Nilana und die anderen an. „Ich werde morgen aufbrechen. Ich lasse den Esel hier, wenn ihr ihn wollt. Sicher ist er gut bei euch aufgehoben und kann das ein oder andere tragen." Den Esel hier zu lassen, hatte sie spontan beschlossen. Sie hatte keine Ahnung, was sie erwartete und wollte nicht, dass dem Tier etwas geschah. Aro würde bestimmt gut auf ihn aufpassen.

In dieser Nacht fand Yara überhaupt keinen Schlaf und packte deshalb mit dem ersten hellen Streifen am Horizont ihre Sachen zusammen. Sie ärgerte sich ein wenig, dass sie nicht schon vorher alles zusammengepackt hatte, dann hätte sie in der Nacht verschwinden können. Aber vielleicht war es ja besser so. Sie kannte schließlich die Gegend nicht und Aro sagte, die Kristallstadt sei nur zwei Tage südlich von hier entfernt. Sie wollte nicht noch von weiteren Menschen überrascht werden und am Tage sah man einfach besser.

Ihre wenigen Sachen hatte sie schnell zusammengepackt, Nilana hatte ihr gestern noch etwas Proviant zusammengestellt. „Auf Wiedersehen!" flüsterte sie in die vergehende Nacht, zu den schlafenden Freunden. Sie schlich leise zum Esel, um ihn noch ein letztes Mal zu streicheln und machte sich auf den Weg nach Süden.

∞

Die Luft hatte sich verändert. Es war über den Tag heißer geworden und Yara hatte sich dafür entschieden, erst nachts weiter zu ziehen. Außerdem schmerzte ihr noch nicht ganz verheilter Fuß. Die Felsen und Steine waren weniger geworden, doch sie hatte ein schattiges Plätzchen zwischen zwei Felsbrocken gefunden, an dem sie für Vorbeiziehende so gut wie unsichtbar sein würde. Der fehlende Nachtschlaf machte sich bemerkbar, sie konnte kaum noch die Augen offenhalten obwohl Yara eigentlich überlegen wollte, wie sie unauffällig in die Kristallstadt gelangen würde. Aro meinte, die Stadt sei von einem begrünten Wall umgeben, auf dem zusätzlich eine Mauer aus Holz gebaut worden war. Die Stadt musste riesig sein, dachte Yara noch bevor ihr tatsächlich die Augen zufielen.

Als sie erwachte, fühlte Yara sich allein. Kein Esel, keine Freunde waren da, die schon ein Feuer bereitet hätten. Aber Yara hatte es so gewollt. Sie würde schon irgendwie zurechtkommen. Also nahm sie einen Schluck Wasser, aß ein wenig von Nilanas Früchten und lief weiter. Auch die Nacht war irgendwie trocken und wärmer als sonst, aber wenigstens brannte die Sonne nicht. Sie überlegte, ob sie sich später wieder als Toja ausgeben sollte. Toja war vor langer Zeit weg gegangen, es war möglich, dass man sie nicht mehr erkannte. Allerdings, wenn Toja in der Kristallstadt noch Verwandte hatte, würde Yara sofort auffliegen. Dennoch musste sie es versuchen.

Toja hatte durch Ilias sozusagen einen Freibrief bekommen aber eine unbekannte, allein herumlaufende, junge Frau wie Yara, würde sicherlich Misstrauen wecken. Sie hatte auch keine Ahnung, wie es in einer großen Stadt zuging. In den Gemeinschaften, die sie bisher kannte, war so ziemlich Jeder mit Jedem bekannt. Da war ein Verstecken kaum möglich. Sie konnte auch nicht einfach zu den Oberen gehen und nach ihrem Vater fragen. Obwohl, warum eigentlich nicht? Nein, das war keine Option, sie wusste ja überhaupt nicht, ob ihr Vater dort bekannt war und in welcher Beziehung er zu irgendwem dort stand. Sie könnte ihn oder sich gefährden, wenn sie einfach nach ihm fragte.

Yara lief mit ihren Gedanken durch die Nacht und als der Morgen graute, brachte er einen trockenen Wind mit. Doch erst als ihr die ersten kleinen Sandwolken um die Füße wehten, begriff Yara, was das bedeutete. Ein Sandsturm. Sie war zu sehr in Gedanken gewesen, um schneller zu reagieren. Yara blickte sich erschrocken nach einer Schutzmöglichkeit um, es gab schlichtweg keine. Jedenfalls keine, die sie sehen konnte, denn die Sichtweite war massiv gesunken und die Luft roch stark nach Staub. Yara rannte los. Kurze Zeit später blieb sie hustend stehen und musste einsehen, dass sie sich verlaufen würde, wenn sie weiter einfach so blind in der Wüste umher rannte und dass sie dem Sturm sowieso nicht würde davonlaufen können. Sie atmete tief die staubige Luft ein, kramte ihre Decke aus dem Rucksack und hockte sich so flach sie konnte auf den Boden. Die Decke zog sie über sich und achtete darauf, dass sie nicht weg-wehen konnte. So umhüllt schloss Yara die Augen und harrte aus. Allzu lange musste sie nicht warten, dann war der Sturm herangekommen. Sie spürte die Sandkörner wie Millionen kleine Nadelstiche auf ih-rem Rücken, doch Yara blieb standhaft und irgend-wann kehrte Ruhe in die Wüste zurück. Vorsichtig zog sie sich die Decke vom Körper und erhob sich. Die Luft war wieder klarer geworden, doch der Staubgeruch blieb.

Yara versuchte sich zu orientieren, in welche Rich-tung war sie nur gerannt? Langsam drehte sie sich um die eigene Achse. „Verdammt, das kann doch nicht wahr sein." In der Ferne sah sie mehrere, kleine Staubwolken, wie sie von Plots verursacht wurden. Ein metallisches Glitzern bestätigte ihren Verdacht. Hinter den Staubwolken waberte eine riesige grüne Wand empor. Der Wall der Kristallstadt. Yara sah sich nach einem Versteck um, aber es war bereits zu spät. Die schnellen Plots waren so dicht herangekom-men, dass sie Yara längst bemerkt haben mussten.

Soviel also zu ihrem Versuch, unauffällig in die Kristallstadt zu gelangen. Yara straffte sich und sah den Plotfahrern mit gemischten Gefühlen entgegen.

- Ende Teil I -

Danksagung

Manchmal sind Danksagungen ja ewig lang aber keine Sorge, diese hier wird kurz. Nicht etwa, weil ich nur wenigen Menschen zu danken habe, sondern weil es doch tatsächlich nur einen einzigen Menschen für mich gibt, dem ich alles, aber auch wirklich alles zu verdanken habe. Nicht zuletzt, ein wunderbares Zuhause, das eine Oase der Ruhe, Kreativität und Erfüllung darstellt. Ich danke also meinem Mann, Alex Brady, aus tiefstem Herzen für seine Liebe für mich.

Nicht unerwähnt möchte ich Nicol M. und Katja B. lassen, die unermüdlich die Kapitel für mich gelesen haben und mir außerdem versichert haben, dass es kein riesiger Blödsinn ist, den ich da geschrieben habe. Vielen Dank, Ihr Lieben.

Zeitfracht Medien GmbH
Ferdinand-Jühlke-Straße 7
99095 Erfurt, Deutschland
produktsicherheit@kolibri360.de